Nacer Bailando

TAMBIÉN POR ALMA FLOR ADA

Me llamo María Isabel

Allá donde florecen los framboyanes

Bajo las palmas reales

Me encantan los Saturdays y los domingos

Cuentos que contaban nuestras abuelas:
Cuentos populares hispánicos

Querido Pedrín

Atentamente, Ricitos de Oro

¡Extra! ¡Extra! Noticias del Bosque Escondido

El unicornio del oeste

Nacer

Alma Flor Ada y
Gabriel M. Zubizarreta

Bailando

ATHENEUM BOOKS *for* YOUNG READERS

NEW YORK   LONDON   TORONTO   SYDNEY

ATHENEUM BOOKS FOR YOUNG READERS • An imprint of Simon & Schuster Children's Publishing Division • 1230 Avenue of the Americas, New York, New York 10020 • This book is a work of fiction. Any references to historical events, real people, or real locales are used fictitiously. Other names, characters, places, and incidents are products of the authors' imaginations, and any resemblance to actual events or locales or persons, living or dead, is entirely coincidental. • Copyright © 2011 by Alma Flor Ada and Gabriel M. Zubizarreta • All rights reserved, including the right of reproduction in whole or in part in any form. • ATHENEUM BOOKS FOR YOUNG READERS is a registered trademark of Simon & Schuster, Inc. • For information about special discounts for bulk purchases, please contact Simon & Schuster Special Sales at 1-866-506-1949 or business@simonandschuster.com. • The Simon & Schuster Speakers Bureau can bring authors to your live event. For more information or to book an event, contact the Simon & Schuster Speakers Bureau at 1-866-248-3049 or visit our website at www.simonspeakers.com. • The text for this book is set in Miller. • Manufactured in the United States of America • 0611 FFG • First Edition • 10 9 8 7 6 5 4 3 2 1 • Library of Congress Cataloging-in-Publication Data • Ada, Alma Flor. • Nacer bailando / Alma Flor Ada y Gabriel M. Zubizarreta. — 1st ed. • p. cm. • Summary: When Margie's cousin Lupe comes from Mexico to live in California with Margie's family, Lupe must adapt to America, while Margie, who thought it would be fun to have her cousin there, finds that she is embarrassed by her in school and jealous of her at home. • ISBN 978-1-4424-2061-8 (hardcover) • ISBN 978-1-4424-2397-8 (eBook) • 1. Mexican Americans—California—Juvenile fiction. [1. Mexican Americans—Fiction. 2. Family life—California—Fiction. 3. Cousins--Fiction. 4. Fathers and daughters—Fiction. 5. Immigrants—Fiction. 6. California—Fiction. 7. Spanish language materials.] I. Zubizarreta, Gabriel M. II. Title. • PZ73.A246 2011 • [Fic]—dc22 • 2010039037

*A Virgilú, agradecida por la inspiración
y por haber traído a mi vida la alegría de
Virginia Marie, Lauren, Allison y Julia.*
—A. F. A.

*Para Camila, Jessica y Collette, que vivan
siempre con la valentía de aprender, de amar y
de guiar, para que puedan escribir siempre su
propio destino. Las quiere siempre, su padre.*
—G. M. Z.

Agradecimientos

Muchas gracias . . .

A Jessica y a Camila Zubizarreta, por ser parte de esta historia en más de una manera.

A Rosalma Zubizarreta, por sus acertadas sugerencias y por la hermosa versión en inglés del poema de Rubén Darío para la edición de este libro en ese idioma.

A Hannah Brooks, por las reiteradas lecturas del original en inglés.

A Norma Tow y Liliana Cosentino, por su cuidadosa revisión del texto en español.

A Isabel Campoy, por su apoyo incondicional.

A Lindsay Schlegel, por su entusiasmo al editar el manuscrito. Al excelente personal de Atheneum, por su continuo apoyo. Y muy especialmente a Namrata Tripathi, por su invalorable presencia durante la creación de este libro.

Contenido

1. El mapa — 1

2. Viaje al norte — 13

3. Ser estadounidense — 23

4. Trenzas — 28

5. Sueños y pesadillas — 32

6. Sorpresas — 40

7. Delfines, todos los días — 45

8. Ayudantes de biblioteca — 51

9. ¿Christmas o Navidad? — 56

10. Verdaderos regalos de Navidad — 64

11. Entrenadora por un día — 69

12. Montar en elefante — 76

13. Encontrar respuestas — 83

14. Baile folclórico — 88

15. Días de primavera — 92

16. Algo inesperado — 97

17. No son tus errores — 106

18. Tres familias — 111

19. Ensayo general — 117

20. Cintas desde México — 120

21. ¿Margie? ¿Margarita? — 126

«Mi familia», por Margarita *Margie* Ceballos González — 133

«A Margarita», por Rubén Darío — 137

Sobre «A Margarita» por Rubén Darío — 145

1. El mapa

Margie se sentía nerviosa mientras esperaba a la directora de la escuela, sentada en una silla frente a su oficina. Mantenía los ojos fijos en un mapa enorme que cubría por entero la pared. Aunque la señora Donaldson siempre le había parecido una persona agradable, Margie nunca antes había tenido que dirigirse a ella.

El mapa mostraba Canadá, los Estados Unidos y parte de México. Alaska y el resto de los Estados Unidos aparecían en un color verde fuerte y vívido. Canadá era de color amarillo brillante. Sin embargo, la pequeña parte de México que se veía era de un color arenoso y apagado, un color cuyo nombre Margie no hubiera podido precisar.

Para ella, los mapas eran una invitación a soñar, una promesa de que algún día visitaría lugares distantes, de cualquier región del mundo. Al mirar ese mapa, podía imaginarse admirando los glaciares gigantescos de Alaska, sorprendiéndose frente al Gran Cañón del Colorado, dejando que su vista se perdiera en las llanuras interminables del centro de los Estados Unidos, tratando de orientarse en medio del bullicioso Nueva York u observando las costas rocosas de Maine. Pero cuando sus ojos empezaron a traspasar la frontera sur del país, dirigió la vista a otra parte.

«Ese no es un sitio que quiero visitar», pensó, recordando tantas conversaciones entre sus padres y algunos vecinos: historias de familias sin suficiente dinero para vivir una vida digna, de gente enferma sin recursos para recibir atención médica, de personas que habían perdido su casa o sus tierras. A medida que rechazaba esos pensamientos, su corazón se llenaba de orgullo porque sabía que ella había nacido al norte de esa frontera, en los Estados Unidos de América, porque sabía que era estadounidense.

Miró a la niña que esperaba a su lado, sentada en otra silla: su prima Lupe, que no había tenido la suerte de haber nacido, como ella, en los Estados Unidos. Acababa de llegar de México y se veía completamente fuera de lugar con el vestido de fiesta que se había empeñado en usar: «Mi madre lo hizo especialmente para mí», había rogado, y la madre de Margie le había permitido ponérselo. El vestido era demasiado elegante para la escuela. Y Margie se sentía avergonzada de que la vieran con una prima vestida como muñeca.

Sus compañeros de clase se burlarían del vestido de organdí y de las largas trenzas de Lupe. Y le preocupaba que las burlas recayeran sobre ella también. ¿Volverían a mofarse, chillando «Maarguereeeeeta, Maarguereeeeeta» y preguntándole cuándo había cruzado la frontera desde México? ¡La habían molestado tanto!

Había sido una larga lucha tratar de que los chicos no la consideraran mexicana. Se sentía muy orgullosa de haber nacido en Texas. Era tan estadounidense como cualquier otro. Temía que, por culpa de Lupe y su tonto vestido, todo recomenzara. Ya podía oírlos preguntándole por qué no traía burritos para el almuerzo o riéndose mientras decían: «*No way*, José».

Todavía estaba pensando en cuánto le hubiera gustado convencer a Lupe de que se vistiera de manera normal, cuando apareció la directora. Caminaba apresurada y les hizo señas para que entraran con ella a su oficina.

—Buenos días, Margarita. ¿En qué puedo ayudarte?

Las palabras de la señora Donaldson encerraban un mensaje muy claro: «Estoy muy ocupada y no puedo perder ni un minuto».

—Buenos días, señora Donaldson. Le presento a mi prima Lupe. Acaba de llegar de México. Mi madre ha dicho que . . .

La directora, que había empezado a ordenar los papeles que tenía sobre el escritorio, la interrumpió:

—Tu madre la inscribió ayer, Margarita. Puedes llevarla a tu clase.

—¿A *mi* clase? —La voz de Margie estaba cargada de sorpresa y urgencia—. Pero ella acaba de llegar. Es de México. No sabe hablar.

La directora miró a Margie fijamente:

—Quieres decir que no sabe hablar inglés, ¿verdad? Porque me imagino que español sí sabe. —Y volviéndose a Lupe, le dijo muy despacio—: Bienve-ni-da a Fair Oaks, Lupe. Bonito vestido.

Lupe sonrió con timidez, pero siguió mirando hacia abajo y contestó con un tono que apenas podía oírse:

—Muchas gracias.

Margie impuso su voz:

—Bueno, sí, claro que habla español. Pero en mi clase hablamos solo en inglés. No se va a sentir bien, señora. —Se sorprendió de haberse atrevido a hablar con tanta audacia, contradiciendo a la directora, pero no quería por nada aparecer en el salón con su prima mexicana. «¿Por qué la señora Donaldson había alabado el tonto vestido de fiesta? ¿Por qué eran tan falsos los adultos?», se preguntaba.

La directora respondió con firmeza:

—La clase bilingüe de quinto grado tiene demasiados alumnos. No hay forma de añadir a alguien más. A juzgar por las calificaciones que ha traído, Lupe es muy buena estudiante. Y como tú la puedes ayudar, tanto aquí como en tu casa, espero que le vaya bien en tu clase. —Y con una voz que no dejaba lugar a discusión, añadió—: Creí que estarías feliz con esta decisión. ¡Es tu prima, Margarita!

La directora se mostraba tan severa que Margie optó por no decir nada más. Se levantó y le hizo señas a Lupe para que la siguiera. Al salir de la oficina, volvió a mirar el enorme mapa de los Estados Unidos. Era un gran país, y ella estaba muy contenta de haber nacido ahí y de hablar inglés tan bien como cualquiera de sus amigos.

Lupe la siguió por el pasillo. No había comprendido

la conversación con la directora. Le quedaba claro que su prima estaba enojada, pero no sabía por qué. Le llamaba la atención lo que iba viendo a medida que se acercaban al aula. ¡Todo era tan diferente de México! Nunca había estado en una escuela con tantas cosas en las paredes. Y todavía se le hacía difícil creer que los alumnos no usaran uniforme. La había sorprendido mucho cuando, poco después de llegar a California, su tía se lo había explicado. Tía Consuelo le había comprado ropa nueva, pero en ese primer día de clases, Lupe quiso usar el vestido de organdí rosado que su madre le había hecho. Parecía que a Margie no le gustaba, pero para ella era importante causar una buena impresión.

Cuando la prima abrió la puerta del aula, Lupe se sintió aún más sorprendida. Era evidente que estaban en un salón de clases, pero en lugar de las filas ordenadas de pupitres a las que estaba acostumbrada, allí los estudiantes estaban distribuidos en grupos por toda el aula. Y ¡cuántas cosas había!: carteles en las paredes, móviles colgados del techo, libros en los estantes . . . , ¡hasta una pecera! Y las carpetas y las mochilas, regadas por todas partes, hacían que el lugar se viera, incluso, caótico, que pareciera más una estación de autobuses que un salón de clases.

Totalmente asombrada, se quedó en la puerta, temerosa de entrar. Observándolo todo con el rabillo del ojo, recordaba el aula tan limpia y ordenada de su vieja escuela de México. De momento, se dio cuenta de que todos la estaban inspeccionando. Miró hacia abajo y se quedó contemplando el piso.

Mientras, Margie se había dirigido al escritorio de la maestra.

—Señorita Jones, le presento a mi prima Lupe González. La señora Donaldson me dijo que la trajera. Pero tiene que haber algún error. Ella debiera ir a una clase bilingüe, ¿no es cierto?

La maestra no le contestó y, en cambio, estaba a punto de dirigirse a Lupe. Margie volvió a mirar a su prima, que no se había movido, y le hizo señas de que se aproximara. Como la niña no se animaba a entrar, la fue a buscar y la llevó de un brazo. Lupe se sobresaltó, y todos los alumnos se echaron a reír. Alzó la vista y vio que a Margie se le había encendido la cara de vergüenza.

Completamente disgustada, Margie la condujo hasta el escritorio de la maestra.

—Buenos días, Lupe. ¿Cómo está usted? —dijo la señorita Jones muy despacio, pronunciando cada sílaba.

Sorprendida de que la maestra le hablara de un modo tan formal, Lupe no sabía cómo contestar. Pero sí sabía que debía mostrarse respetuosa y bajó la vista. En la clase, volvieron a oírse risas.

—Margie, haz que tu prima se siente a tu lado, al fondo de la clase, así podrás traducirle mis palabras. Lo único que sé de español es lo que acabo de decir.

—Pero, señorita Jones . . . —La urgencia en la voz de Margie había ido en aumento—. Yo no sé mucho tampoco. No voy a poder traducir lo que usted diga. Además, me siento adelante, junto a Liz.

—Te he cambiado al fondo. Así podrás traducir mientras yo hablo, sin molestar al resto de los compañeros. Ahora siéntate, por favor. La clase debería haber empezado ya. Y dile a tu prima que, aunque sienta timidez, debe mirarme mientras le hablo.

Margie se dirigió disgustada hacia su nuevo pupitre, pero Lupe se quedó parada frente al escritorio de la maestra. Todos los chicos empezaron a reírse de nuevo. Margie volvió y la tironeó de un brazo para que la acompañara. Lupe la siguió en silencio. Cuando se atrevió a levantar la vista y sonreír, los alumnos estallaron otra vez en carcajadas, hasta que la señorita Jones les ordenó que se callaran.

Mientras la maestra hablaba sin descanso sobre

los peregrinos ingleses, Margie trataba de encontrar palabras en español para traducir lo que explicaba, aunque era incapaz de decir siquiera parte de lo que oía y, por eso, se quedó en silencio. Lupe intentaba entender lo que escuchaba, pero al fin se dedicó a pasar las páginas del libro de historia que tenía delante y a observar las ilustraciones.

Margie se sentía muy lastimada. Le gustaba sentarse en el frente de la clase; ese había sido siempre su lugar, y Liz era su mejor amiga. Ahora tenía que estar en el otro extremo del salón, y en cambio, Betty se sentaba con Liz. Podía verlas conversando y sonriendo como si ya fueran amigas íntimas.

El día que su madre había anunciado que Lupe iría a vivir con ellos, Margie se había unido a la alegría de la familia. No tenía hermanos, y como ninguno de sus compañeros de escuela vivía cerca de su casa, le pareció que sería divertido tener alguien con quien entretenerse. Además, Lupe podría ayudarla con las tareas de la casa. Fregar y secar los platos y recoger la cocina después de la comida sería menos aburrido si lo hacían juntas. Pero sobre todo, había tenido la esperanza de que, cuando Lupe viviera con ellos, sería más fácil convencer a su madre de que la dejara ir a visitar a Liz o de que le permitiera ir a las tiendas sin su compañía. No había reflexionado en lo absoluto sobre cómo la presencia de su prima le afectaría la vida escolar. Se había imaginado que, una vez que llegaran a la puerta de la escuela, se separarían: Lupe iría a la clase bilingüe, y ella, a su propio salón con sus amigos.

—¡Margie! ¿Me estás escuchando? —La señorita Jones se veía muy enfadada. Todos miraban a Margie, que sintió que una vez más se le encendía la cara.

—¿Cuándo vas a comenzar a traducirle a tu prima lo que he estado diciendo?

—Pero ya se lo he explicado, señorita Jones, no sé mucho español. Yo nací en Texas.

Margie hablaba en voz muy baja, en contraste con la risa sonora de John y Peter, los dos chicos sentados a su derecha.

—¡Basta ya! —La maestra miró a John y a Peter de una forma que imponía silencio—. Saquen el cuaderno de matemáticas.

Margie estaba muy confundida. ¿Cómo podían cambiar las cosas tan rápidamente? Se había sentido siempre muy cómoda en esa clase y, de pronto, todo parecía estar fuera de control. Fijó la vista en el cuaderno, aunque los números se veían tan borrosos que apenas podía reconocerlos.

Durante la conversación entre la maestra y su prima, Lupe no había levantado la vista. Aunque no comprendía las palabras, sabía que tenían que ver con ella y se sentía tan avergonzada que escondió la cara en el libro de historia. Lo que hubiera querido, en realidad, era meterse debajo del pupitre o, aun mejor, huir corriendo a México. Luego la señorita fue hasta el fondo de la clase y le puso delante un cuaderno de matemáticas abierto. Lupe miró la página llena de números y sonrió. ¡Por fin había algo que podía hacer! Tomó el lápiz y empezó a resolver las ecuaciones, mientras que Margie trabajaba mucho más despacio en ejercicios similares. Lupe terminó la última operación y voltéo la hoja. En las siguientes, no había números, sino palabras. Miró a Margie, pero ella no había llegado siquiera a la mitad de la primera página. Una vez más, se sintió perdida y se le humedecieron los ojos. La señorita Jones se acercó a su pupitre, y Lupe le mostró la página que había completado.

—¡*Excellent!* —exclamó en inglés la maestra, satisfecha. Y luego repitió en español—: ¡EX-CE-LEN-TE! —Levantó el cuaderno para que todos lo pudieran ver y añadió—: Margie, ¿podrías traducirle, por favor, los problemas siguientes?

Pero Margie levantó la vista y negó con la cabeza:

—No puedo, señorita Jones, de verdad, no puedo.

La maestra buscó otra página con operaciones para Lupe y regresó al frente de la clase. Mientras caminaba hacia su escritorio, Lupe miró la página en la que trabajaba su prima. Señaló una de las respuestas que Margie había escrito y le dijo:

—No es así.

Lupe escuchó una risita de los chicos:

—No EX-CE-LEN-TE, Maaargueeereeetaaa. —Volvió a bajar la cabeza, sonrojándose, y deseó no haber hablado.

A la hora del almuerzo, las primas quedaron últimas en la fila. Lupe vio que Margie saludaba con la mano a una niña de pelo rizado y que buscaba con la vista un sitio vacío cerca de ella, pero cuando por fin recibieron la comida, todos los asientos en esa zona estaban ocupados y tuvieron que ubicarse en el otro extremo.

Varias veces Lupe trató de decir algo, pero Margie la hizo callar cada vez. Almorzaron en silencio. Margie dejó casi toda la comida en la bandeja.

2. Viaje al norte

Lupe abre la puerta y se queda muy sorprendida al encontrar a una mujer a la que nunca antes ha visto. Conoce a casi todo el mundo en su pueblo y, si bien está segura de que esta señora no es alguien de su entorno, le resulta muy familiar. Es fácil darse cuenta de que su ropa es más elegante que la que usan las mujeres del pueblo. Y aunque tiene el pelo largo como las demás, no lo lleva trenzado, sino recogido en la nuca. Mira a Lupe en silencio por un momento, pero muy pronto sonríe exclamando:

—¡Lupe! Eres Lupe, ¿verdad? —Y sin esperar a que le responda, la abraza con cariño.

—Soy tu tía Consuelo, tu tía de California.

En cuanto la oye, Lupe se siente segura, no solo porque se trata de alguien de su familia, sino porque habla igual que todos los del pueblo, aunque se la ve un poquito distinta. Asombrada y admirada de que su tía esté allí, sonríe, sin saber bien qué decir. Pero Consuelo se encarga de hablar por las dos.

Primero le pregunta por la madre. Cuando la niña le explica que ha ido al mercado con sus hermanitos gemelos, acompañada por la hermana, la tía Rosalía, la mujer le sugiere que se sienten.

—Lupe, estoy aquí para invitarte a venir conmigo a California. Sabes que soy la única hermana de tu padre.

Su padre . . . Nadie le ha hablado a Lupe de su padre en mucho tiempo. Unos años atrás, como muchos otros hombres del pueblo, su padre, Juan, se fue al norte. Había vendido la parcela de tierra de la familia para pagar el viaje y había prometido enviar dinero para que a todos les fuera mejor. Su plan era ir a Stockton, en California, a trabajar en los campos de espárragos. Dolores, la madre de Lupe, no quería que se fuera, pero él ya había tomado la determinación.

Cuando recibió la primera carta de Juan desde California, Dolores se sintió muy reconfortada. Durante algún tiempo, Juan envió dinero. Pero después de algunos meses, las cartas dejaron de llegar. Ni dinero, ni cartas, ni noticias. Como él había cruzado la frontera con los Estados Unidos sin los documentos adecuados, Dolores no podía esperar que volviera de visita, pero no había contado con que la dejara sin recibir dinero ni noticias.

Lupe extrañaba al padre, siempre tan lleno de vida y nunca demasiado cansado para llevarla en la espalda o para levantarla en el aire hasta casi tocar el techo de la casa. Extrañaba los maravillosos cuentos que él contaba cada noche. En sus historias, Juan era siempre el héroe, capaz de pelear con monstruos y de rescatar a quienes lo necesitaran. Más que nada, Lupe echaba de menos el dormirse escuchándolo tocar suavemente la guitarra. Esas canciones llenaban la casa y las noches de la niña de sueños maravillosos. Pero el padre se fue, y la casa se volvió triste y silenciosa. Oía a su madre llorar por las noches. Aunque no le decía nada, Lupe sabía que tenía miedo de que estuviera enfermo o de que hubiera muerto.

Toda la familia las ayudaba con algo. Unos les traían verduras de sus huertos; otros, alimentos que compraban en la tienda. La madre de Lupe trabajaba para distintas personas, cepillando y lavando lana de ovejas recién trasquiladas, y se esforzaba por encontrar otras tareas que contribuyeran a mejorar la situación. Pero nunca tenían suficiente dinero, comida ni ropa.

Cuando hacía casi tres años que se había ido, uno de los vecinos del pueblo regresó de Stockton y contó que Juan ya no estaba en California. El hombre conocía a alguien que lo había visto en Chicago, y corrían rumores de que tenía otra familia.

Después de recibir esa noticia, Dolores se deprimió mucho. Dejó de buscar trabajo y lloraba todo el tiempo. Luego dejó de cocinar y mandaba a Lupe a la casa de su madre, Mercedes, para que ella le diera de comer. Pasadas unas cuantas semanas, cambió por completo y empezó a ocuparse de las tareas domésticas sin descanso. Limpió a fondo todos los rincones de la casa y regaló hasta la última de las cosas del marido que todavía quedaban allí: un viejo par de zapatos, algunas camisas gastadas. Al final, se dedicó a buscar empleo con determinación y lo consiguió con uno de los tejedores de alfombras de más éxito, que la contrató para que lo ayudara a preparar la lana.

Desde entonces Lupe casi no veía a la madre, que salía muy temprano por la mañana y no regresaba hasta el anochecer. La niña hacía todas las comidas en la casa de su abuelita. Le parecía que la madre no deseaba verla, como si ella fuera una cosa más que su padre hubiera dejado olvidada y que solo le traía recuerdos dolorosos del pasado. Un día, dos años después, al regresar de la escuela, la madre, mirándola apenas, le dijo:

—Este es Felipe, tu nuevo padre. —El hombre también la miró apenas.

Era evidente que la madre estaba más feliz. Pasaba más tiempo en la casa, y Lupe comía allí, en lugar de hacerlo con la abuela. Solo que su casa ya no se sentía como un verdadero hogar.

Un año más tarde, Dolores dio a luz mellizos. El nacimiento de los hermanitos fue una de las cosas más gratas que le habían ocurrido a Lupe desde hacía mucho. Le encantaba lo suaves y hermosos que eran los bebés, y se maravillaba con sus manitas y piececitos. Los cuidaba con mucho cariño y no le importaba tener que lavar sus ropitas y darles de comer. Verlos crecer y observar los pequeños cambios que se producían en ellos cada día la llenaba de entusiasmo. Y como compartía con la madre el cariño por los pequeñines, parecía que entre ellas se estaba desarrollando un nuevo lazo de afecto.

Algunas veces, Dolores tenía algún detalle especial para con su hija.

Le cepillaba el pelo, le cocinaba alguno de sus platillos favoritos o le hacía una blusa nueva. Pero esos momentos eran pocos. Y Lupe añoraba cuánto disfrutaba antes de la partida del padre cuando su madre le enseñaba a bordar, cómo conversaban sobre tantas cosas y, especialmente, el orgullo que le demostraba cada vez que llevaba buenas notas de la escuela. Algunas noches, en que no lograba dormirse, sentía que ya no era hija de su madre. Le parecía que estaba convirtiéndose en su amiga, nada más.

Dos veces al año, en Navidad y en su cumpleaños, a Lupe le llegaba un paquete desde los Estados Unidos. No era nunca de su padre, sino de una tía que no conocía. Gracias a esos paquetes, Lupe tenía vestidos, faldas, camisetas, medias y zapatillas de deportes nuevos.

Hoy esa tía desconocida está sentada frente a ella, sugiriéndole llevarla a California.

—Tu prima Margarita, mi hija, tiene tu misma edad. Las dos pueden jugar e ir juntas a la escuela. Y te será muy provechoso aprender inglés.

Esas palabras sorprenden a Lupe y le causan un profundo dolor. Irse del pueblo significa despedirse de los mellizos, es dejar atrás a muchas otras personas también, sobre todo a su bondadosa abuelita y a sus otros familiares, como lo ha hecho su padre. Pero la invitación también representa escapar del sentimiento desconcertante de ser una extraña en su propia casa. Ya no es una niñita. Va a cumplir once años, y en su casa ya hay otra familia. Siempre se ha sentido incómoda frente al padre de los gemelos y sabe que a él le ocurre algo similar, sobre todo, siempre que discute con su mujer. Lupe comprende que ha ayudado a la madre de muchas maneras, pero quizá ha llegado el momento de irse. Y en lo más profundo del corazón, guarda la esperanza de encontrar al padre.

Cuando Consuelo termina de explicarle que su esposo, el tío Francisco, también se alegraría mucho de tenerla en su casa y después de enumerarle todas las cosas que podría ver en California, Lupe interroga, sorprendida de ser capaz de hacer una pregunta tan directa:

—¿Sabes dónde está mi padre?

Le parece que la tía ha estado esperando esa pregunta porque le contesta inmediatamente y sin vacilar:

—No, Lupita. Es muy doloroso, pero no sé dónde está. Yo llevaba varios años ya en los Estados Unidos antes de que él decidiera marcharse a California.

No sé por qué no me buscó. Quizá pensó que yo le recordaría cuánto le había recomendado estudiar, que le había aconsejado que esperara antes de casarse o quizá tenía miedo de que le preguntara por qué había vendido nuestra tierra sin decírmelo. Cuando decidió irse al norte, yo hubiera podido ayudarlo. Ya estaba casada, y Francisco es una persona bondadosa. Pero no me enteré de que Juan se había ido hasta que uno de los hermanos de tu madre me escribió para preguntarme por él. Y nunca he tenido noticias suyas. Lo siento tanto . . .

Mientras escucha a la tía, a Lupe se le llenan los ojos de lágrimas. Viéndola así, Consuelo añade:

—Es muy doloroso para todos que no se haya comunicado con nadie. Y tiene que ser especialmente duro para ti. Pero, Lupita, la vida de las personas indocumentadas puede ser muy difícil, sin saber nunca si van a conseguir trabajo, siempre con miedo de que las autoridades de inmigración las arresten. Vivir con tanto temor las lleva, a veces, a hacer cosas que, de otro modo, no harían.

Lupe se seca las lágrimas con el dorso de la mano. La tristeza que transmite la voz de la tía le ha permitido expresar su propio dolor secreto. Una de las cosas más duras con relación a la ausencia del padre ha sido el no poder hablar sobre él con nadie.

—¿Y qué dice mi madre? ¿Has hablado con ella?

—No, Lupe. Quería preguntarte a ti primero —contesta Consuelo y añade—: pero hay una persona con quien sí he hablado. Antes de venir a verte, fui a visitar a tu abuela Mercedes. Ella piensa que es una buena idea. Te quiere mucho, Lupe, y aunque le dará pena verte marchar, está segura de que es lo mejor para ti.

Lupe piensa en su abuelita, que durante mucho tiempo fue la única presencia constante en su vida, su refugio cuando su madre salía. No solo la alimentaba, sino que le demostraba cariño de muchas maneras. A menudo, cuando Lupe llegaba de la escuela por la tarde, le tenía preparada alguna golosina y todos los días quería saber lo que había aprendido. Algunas veces, en especial si la madre se demoraba en ir a recogerla, le contaba cuentos maravillosos que siempre la dejaban encantada, aunque ya los hubiera oído.

Últimamente, sin embargo, la abuelita no ha estado muy bien de salud y se ha ido a vivir a la casa de uno de los hijos. Allí hay muchos niños pequeños, y los primitos de Lupe la mantienen ocupada.

—Si mi abuelita piensa que está bien, creo que me

gustaría ir —dice Lupe con una voz tan suave que su tía apenas puede oír las palabras. Pero una tímida sonrisa confirma que ha aceptado la invitación.

Consuelo ha hecho planes para los trámites necesarios. Trabaja ocasionalmente para una señora que viaja a México con frecuencia y que, en esta oportunidad, le ha pedido que la acompañe. El hermano de esa señora tiene un empleo en el Consulado de los Estados Unidos en la ciudad de México y, como los tíos de Lupe son ciudadanos estadounidenses, se ha ofrecido a conseguirles una visa de estudiante para Lupe.

La idea de que su hija viaje a los Estados Unidos es una sorpresa para Dolores, pero después de hablar con la madre, está de acuerdo en dejar que vaya. Se dedica a hacerle un vestido de organdí, el vestido que la niña se empeñará en usar su primer día de clases en California. Con ese vestido, Dolores desea demostrarle cuánto la quiere. Usarlo será para Lupe el modo de honrar a su madre. En esa extraña escuela nueva, que bien pudiera estar en otro planeta, Lupe afirmará que su madre sigue ocupando un lugar profundo en su corazón.

3. Ser estadounidense

Durante las siguientes semanas, Margie hizo un gran esfuerzo para obedecer a la maestra y traducirle a Lupe las explicaciones. En la casa, la madre también la animaba a ayudarla, pero a pesar de lo mucho que deseaba hacerlo bien, seguía luchando por encontrar las palabras adecuadas. La frustración de no poder cumplir con su propósito la hacía sentirse peor cada día.

Cuando se abrió un espacio en la clase bilingüe y la maestra le pidió que acompañara a su prima al salón de la señora Rodríguez, Margie se sintió muy aliviada.

Esa tarde, mientras Consuelo, sentada en la cocina, le cepillaba el pelo a Lupe para trenzárselo, Margie dijo:

—En realidad, mami, es lo mejor para Lupe. Ahora va a poder entender todo y, además, aprenderá inglés.

—Sí, mi hijita, todo saldrá bien —contestó la madre, sonriendo suavemente mientras continuaba peinando a su sobrina. No bien terminó, y las trenzas largas y gruesas, atadas con brillantes cintas rojas, colgaban sobre la espalda de Lupe, le pidió que recogiera algunos limones del patio y se los llevara a la vecina.

Una vez que Lupe salió, la madre le preguntó:

—¿Por qué le dices a tu maestra que no hablas español, hijita? Tú aprendiste a hablar en español. Fue el primer idioma que hablaste. El español es el idioma de tus abuelitos, de tus tíos, es el idioma de tu padre, mi idioma. ¿No comprendes que es mejor hablar dos idiomas que uno?

—Pero vivimos en los Estados Unidos, mami. En este país se habla inglés. «Si vives aquí, habla inglés» es lo que dicen todos. —Margie miró la cara ansiosa de la madre. ¿De qué valía volver sobre el mismo tema? Ya lo habían discutido en muchas oportunidades—. Voy a hacer mis tareas, ¿de acuerdo? —dijo y subió corriendo las escaleras y se fue a su cuarto. Tirada sobre la cama, pensó una vez más en eso de hablar español. Quizá era verdad que lo había hablado cuando tenía tres años. Bueno, lo que podía hablar un niño de tres años. Luego había ingresado en el programa preescolar de *Head Start* y, desde entonces, hablaba inglés. Le parecía recordar que, cuando comenzó a expresarse en ese idioma, los padres se sintieron muy orgullosos y contentos. Transcurrido el tiempo, sí entendía algunas cosas sencillas que la madre decía en español, pero casi nada de lo que Consuelo conversaba con el padre. Y ¿de qué valía? ¿Acaso el idioma del país no era el inglés? ¿No usaban inglés todas las personas importantes? Sin embargo, le preocupaba que el asunto le molestara tanto.

Durante los días siguientes, Margie comprobó que, contrariamente a lo que esperaba, el que Lupe ya no estuviera en la clase no había hecho que todo volviera a la normalidad.

Le pidió a la maestra regresar a su antigua ubicación, pero Liz y Betty se habían hecho grandes amigas, y Betty no quería que la cambiaran de lugar. Así que Margie siguió sentándose sola en el fondo de la clase, junto a John y a Peter.

Ninguno de los dos chicos perdía oportunidad de burlarse diciéndole: «¿Cómo está tu prima, Maaargueeeereeetaaa?». Y parecía que, al hacer la pregunta, ridiculizando ese nombre que ella había querido abandonar desde que estaba en tercer grado, Peter lo alargaba cada vez más. ¿Por qué no podían dejar de mofarse de ella, como había dejado de hacerlo la mayoría de sus compañeros?

John era el peor. Aludiendo a que algunas personas llaman despectivamente *espaldas mojadas* a quienes cruzan la frontera sin documentos, todo el día le preguntaba: «¿Ya se le secó la espalda a tu prima?», «¿Ya sabe hablar?» o «¿Se le quedó la lengua en México?». Y Peter se reía como si fuera la primera vez que oía estas palabras y no la millonésima.

Margie sabía muy bien lo malo que era estar sola y no ser aceptada. Se había sentido así cuando su familia se había mudado a California desde Texas, y ella no conocía a nadie. Luego de cambiarse el nombre y hacerse amiga de Liz, consiguió que desapareciera ese sentimiento de rechazo. Creía que ya no le importaba que los chicos se burlaran y le sorprendía que eso le doliera tanto todavía. Quizá, en verdad, no había cambiado y solo había conseguido disimular para creerse aceptada.

Al empezar de nuevo las chanzas, supo que le molestaban incluso más que antes porque ya no se burlaban solo de ella, sino también de Lupe. Margie reconocía que no se había portado con su prima como debía. No se había esforzado para que se sintiera bienvenida a su clase. Y lo peor era que ella sabía bien lo que Lupe estaba pasando.

¿Por qué estos chicos tenían que burlarse de alguien solo porque era distinto de ellos? ¿No se daban cuenta de qué difícil era aprender otro idioma y vivir en un ambiente nuevo? Lupe estaba sufriendo por estar alejada de los padres; ¿No se merecía comprensión y compasión? ¿O sus sentimientos no eran importantes porque eran diferente de ellos?

John y Peter estaban muy orgullosos de ser estadounidenses, de tener el privilegio de vivir en ese país rico y poderoso, pero ¿ser de un país da el derecho a burlarse de quienes no lo son?

4. Trenzas

En la escuela, el lugar vacío a su lado seguía molestando a Margie. Era como si Lupe nunca hubiera dejado la clase y estuviera todavía allí, esperando que ella la ayudara.

En su casa, en cambio, le parecía que su prima ocupaba mucho espacio. A Lupe le encantaban los relatos familiares y nunca se cansaba de escuchar al tío hablando de su infancia. Francisco contaba cómo su familia y él habían seguido las cosechas, viviendo por temporadas en distintos lugares para recoger frutas y verduras. También relataba experiencias de sus primeros trabajos fuera del campo y de las clases a las que asistía por la noche porque había decidido aprender todo lo que pudiera. A Lupe le fascinaban esas historias; en cambio, Margie apenas podía comprender lo que su padre decía en español con tanto entusiasmo.

El hombre también hablaba sobre la vida en

México. Explicaba que su propio padre, el abuelito de Margie, había llegado a los Estados Unidos con el Programa de Braceros, que había llevado a cientos de campesinos mexicanos para cultivar los campos no solo de California y del suroeste de los Estados Unidos, sino de todo el país.

Ese programa había comenzado cuando muchas de las viejas granjas de los Estados Unidos, que habían sido cultivadas por familias, fueron compradas por grandes compañías agrícolas. Esas empresas necesitaban trabajadores por temporadas. Como en el país había pocas personas dispuestas a hacer esas tareas mal pagadas, se crearon leyes que permitieron que los empresarios llevaran campesinos mexicanos para realizarlas. Esos trabajadores, quienes, se esperaba, regresarían a México después de acabada cada temporada de labor, recibieron el nombre de *braceros*.

El padre de Margie le enseñó a Lupe algunos de los corridos que los braceros cantaban durante sus largos viajes en tren. Narraban sus dificultades y su nostalgia por el hogar y la familia que habían dejado, y también mencionaban los lugares a los que se dirigían. Era como si esos campesinos, tan lejos de su tierra, temieran desaparecer, tragados por el enorme país, y contaran su historia con la esperanza de que, de algún modo, sus noticias llegaran a sus seres queridos.

Cuando Francisco notaba que Margie estaba escuchando, trataba de intercalar una o dos oraciones en inglés para recordarle a su hija que ella conocía la historia. Y luego continuaba en un español rico y sonoro.

Margie conocía muchos de los relatos, pero nunca antes le habían parecido tan fascinantes como ahora, mientras el padre se los contaba a Lupe en español. Trataba de seguirlos, pero se cansaba rápidamente de hacer tanto esfuerzo para comprender y le molestaba cada vez que los padres y la prima se echaban a reír, y ella no entendía por qué. Alguna vez les pidió que le dijeran de qué se reían, pero la explicación que le dieron no le aclaró nada y solo sirvió para que ellos se rieran más todavía. Cuando conversaban así, parecía que sus padres fueran más los padres de Lupe que los de ella.

Extrañaba el modo en que su padre acostumbraba contarle cómo le había ido ese día en el trabajo y se refería a cosas que los tres (cuando eran únicamente ellos tres) habían hecho juntos. Sin embargo, en esos momentos todas las conversaciones parecían pertenecer a un pasado anterior a Margie.

Y luego, las trenzas. Para Margie las trenzas de Lupe eran un símbolo de todos los cambios que le estaban haciendo tan difícil la vida.

Al principio del curso escolar, logró que la madre le permitiera hacerse una permanente. Liz tenía el pelo castaño y rizado, y a Margie le parecía la imagen ideal de una verdadera chica estadounidense. Consuelo había tratado de convencerla de que su pelo negro y liso era hermoso, pero ella había rogado y rogado hasta que su madre consintió, de mala gana.

Desde la llegada de Lupe, cada mañana y cada tarde, Consuelo dedicaba un largo rato a cepillarle y trenzarle el pelo. Y aunque siempre estaba dispuesta a escuchar lo que la hija contaba sobre la escuela, esas conversaciones no parecían tener el grado de intimidad que Consuelo creaba con solo tocar y acariciar el largo pelo de su sobrina.

5. Sueños y pesadillas

Durante el día, con tantas experiencias nuevas, Lupe tenía poco tiempo para pensar en el pasado. Allí la escuela era muy distinta de la que ella conocía. En México, la maestra pasaba casi todo el tiempo de pie explicando las lecciones mientras los alumnos escuchaban y, algunas veces, copiaban en el cuaderno lo que ella escribía en la pizarra. De vez en cuando, le indicaba a alguno que pasara al frente a resolver un problema de matemáticas o a escribir una oración y analizarla. Pero la mayor parte del tiempo, los niños permanecían en silencio en su pupitre, distribuidos uniformemente en filas. Escuchaban, leían o escribían sin hablar unos con otros, excepto por algún cuchicheo en voz muy baja para que la maestra no los oyera.

En la clase de la señora Rodríguez, los escritorios estaban agrupados de a cuatro. Se animaba a los estudiantes a trabajar cooperativamente, a compartir sus ideas y a resolver los problemas juntos. Había muchas oportunidades para levantarse y moverse, y para buscar información en libros o en la computadora.

A Lupe le gustaba la interacción, pero todavía no se había acostumbrado del todo. A ratos extrañaba la seguridad que había sentido gracias al orden y la estructura de su antigua escuela. Al mismo tiempo, veía que cada día que pasaba en la nueva clase, los cambios se le hacían más fáciles. Como solía decir su abuelita: «Lo que no te mata, te hace más fuerte».

Lo más frustrante era tratar de hacer las tareas en inglés. Durante los días que había pasado en la clase de Margie, se había sentido continuamente avergonzada y convencida de que todos pensaban que era tonta. En México, sus maestras y sus compañeros la consideraban inteligente. Había pasado de ser una de las mejores alumnas a ser incapaz de realizar sus trabajos, salvo las operaciones matemáticas.

En la clase bilingüe, sobresalía en todo lo que se enseñaba en español. Pero cuando las lecciones se desarrollaban en inglés, se sentía perdida la mayor parte del tiempo. Aunque aprendía palabras nuevas y, poco a poco, iba entendiendo más, todavía le resultaba difícil comunicarse en inglés. No se atrevía a hablar porque estaba segura de que cometería errores. Las burlas que había soportado las primeras semanas la habían atemorizado y no quería dar oportunidad a que se siguieran produciendo.

En esta nueva escuela, Lupe se dio cuenta por primera vez de cuánto amaba su idioma. Le daba mucha alegría cuando la maestra presentaba alguno de los poemas que había aprendido durante sus primeros años escolares o cuando alguna de sus compañeras sabía las rimas para saltar la cuerda o las canciones de los juegos que ella y sus amigas cantaban durante los recreos en México.

Lo más difícil de estar inmersa en un nuevo idioma era el sentimiento de no pertenecer. Le molestaba no saber si algo era divertido y no entender por qué otros se reían. En inglés, no podía distinguir si lo que se decía era en tono de broma o con sarcasmo. Se sentía una niñita de kindergarten en lugar de una de las mejores alumnas de quinto grado como lo era en su tierra.

Lupe empezó a tener sueños extraños. Una pesadilla en especial reaparecía, por lo menos, una vez a la semana: estaba recitando un poema frente a toda la escuela durante uno de los actos culturales que acostumbraban tener los viernes en su país. Le encantaban esos actos y siempre se alegraba cuando le pedían que recitara. Pero en el sueño, quienes la escuchaban no eran sus antiguos compañeros y maestras de México, sino los de su nueva escuela de California. Cuando Lupe empezaba a recitar, los labios se le movían, pero de la boca no le salía ningún sonido, solo silencio. Por fin, comenzaba a sonar como un pato y se despertaba cubierta de sudor frío. Sabía claramente que era un sueño tonto, pero se repetía una y otra vez.

Otras noches, soñaba que mientras caminaba por su vieja escuela, el uniforme empezaba a caérsele: primero la falda, luego la blusa, hasta que se quedaba nada más que con la enagua de algodón. Justamente entonces, sonaba la campana, y todos los estudiantes salían de las aulas y la miraban sin poder creer lo que veían. No había donde esconderse. Después de esta pesadilla, siempre se despertaba asustada y pensaba que nada en su vida tenía sentido.

Un par de veces había tenido un sueño en el que todo estaba patas arriba y vuelto del revés. Los muebles estaban en el techo, los gatos ladraban y los perros maullaban, y el canario que la tía Consuelo tenía en la sala hablaba con la voz del loro que se pasaba el día en un aro, en la cocina de la abuelita Mercedes.

Cada vez que se despertaba de ese sueño, miraba a su alrededor bajo la luz tenue de la lamparilla de noche que la tía había instalado en el cuarto. Le gustaba su habitación, mucho más amplia y agradable que la que tenía antes, pero lo que más la satisfacía era el sentimiento de seguridad que experimentaba en la casa de sus tíos. Sabía que ahí no oiría llorar a su madre ni la sentiría distante. Se alegraba de saber que ahí no temería que el padrastro llegara a la casa muy tarde, tambaleante por haber estado bebiendo con sus amigos, como había empezado a ocurrir durante los últimos meses de su vida en México, ni sufriría por las quejas de la madre y las peleas que seguían a las quejas.

Sin embargo, por muy segura que se sintiera en esta nueva casa, había momentos en que la inundaba la nostalgia. Extrañaba los buenos ratos en que su madre estaba feliz, a sus hermanitos, a su abuelita. Echaba de menos las montañas que rodeaban el pueblo, las milpas donde el maíz se mecía con la brisa, los borregos que pacían en las colinas y los chapulines que los niños cazaban en los campos y llevaban a la casa para tostarlos y comerlos con gusto.

Lupe no había tenido muchos amigos íntimos en su pueblo. A veces se preguntaba si el dolor que sentía había mantenido alejados de ella a los niños. No obstante, había disfrutado de ser una buena alumna y de jugar con sus compañeros durante la hora del recreo. Algunas noches, cuando se despertaba en su nuevo cuarto en California, volvía a conciliar el sueño únicamente si se repetía, en silencio, algunas de las canciones que cantaba en el patio de la escuela:

A la víbora, víbora de la mar,
por aquí pueden pasar . . .

o el arrullo que su abuelita acostumbraba entonar:

Palomita blanca, reblanca,
¿dónde está tu nido, renido?
En un pino verde, reverde,
todo florecido.

Entonces se volvía a dormir con el recuerdo de la abuelita Mercedes y de sus hermanitos, y pensando que algún día podría recoger alegría del mismo modo que en otros tiempos recogía florecillas silvestres en las laderas de las colinas que rodeaban su pueblo, por encima de las milpas.

Otras noches trataba de pensar en todas las cosas por las cuales se sentía agradecida. La tía Consuelo era tan amorosa como su propia madre lo había sido cuando ella era pequeña. Lupe había extrañado mucho las caricias maternas y las estaba recibiendo de su tía Consuelo. Los cuentos del tío Francisco y la atención que le daba llenaban en parte el vacío que su padre le había dejado. Aunque seguía guardando la esperanza de encontrarlo algún día, había recuperado algo de lo que tanto extrañaba. A veces se preocupaba de que Margarita resintiera el compartir a sus padres con ella. Lupe estaba tan agradecida por este nuevo hogar que no podía siquiera imaginar que su alegría causara dolor a alguien. Confiaba en que la prima admitiera que, al compartir a sus padres, no estaba perdiendo nada. Si llegaba el momento en que fuera necesario aclarárselo, estaba decidida a encontrar el modo de hacerlo.

Su abuelita Mercedes siempre decía: «Tienes que cuidar lo que quieras conservar». Y Lupe tenía la determinación de seguir su consejo, de cuidar lo que quería conservar.

6. Sorpresas

El otoño había llegado y las mañanas eran frías. Margie se alegró de que sobre la mesa hubiera una taza de chocolate caliente y una fuente de pan dulce para desayunar. Algo agradable que había ocurrido como consecuencia de que Lupe viviera con ellos era que su madre estaba cocinando comida mexicana con mucha más frecuencia. Y aunque se le hiciera difícil admitirlo, puesto que, después de todo, ella era quien había insistido en que comieran platos estadounidenses, le encantaba la comida mexicana de su madre.

—Le he dado permiso a Lupe para que se quede en la escuela después de clase los martes y los jueves. Va a participar en el grupo de baile folclórico —le dijo la madre, en su inglés lento y cuidadoso—. Por favor, Margarita, espérala. Luego podrán volver juntas a casa. Puedes usar ese tiempo para hacer tus tareas.

Margie mordió un trozo de pan dulce y pensó por un momento: ¿Debía protestar por ese cambio de horario? Iba a hacerlo, pero lo analizó dos veces. La verdad era que no ganaba nada con regresar a su casa en cuanto se acababan las clases. Había llamado por teléfono varias veces a Liz para tener una larga conversación, como acostumbraban meses atrás, pero Liz siempre estaba ocupada, haciendo las tareas o con alguna amiga de visita, y sonaba impaciente por terminar la charla. Quizá Margie podría pasar algún tiempo en la biblioteca y mirar los estantes detenidamente. Encontrar un buen libro era siempre una grata sorpresa.

—Bueno, mami. —Queriendo alegrar a su madre, añadió—: Este pan dulce está riquísimo.

Cuando se levantó de la mesa para dirigirse a la puerta, donde ya la esperaba Lupe, se detuvo junto a Consuelo y levantó la cara para recibir el beso que esta depositó suavemente en su mejilla y que la acompañó todo el camino hasta la escuela.

Ese día la señorita Jones les hizo dos anuncios importantes. El primero era que iban a tener un nuevo compañero en la clase. «Por favor, que sea una niña», pensó Margie. Luego les explicó que iban a realizar un proyecto para cerrar ese último curso de la escuela elemental.

En ese momento, llegó a la clase la señora Donaldson, acompañada de una chica alta y rubia, llamada Camille.

«Ojalá la maestra la siente a mi lado», pensó Margie y miró el pupitre en el que se sentaba Lupe. Como si la señorita Jones le hubiera seguido la mirada, le indicó a Camille que se sentara en ese lugar. «¡Estupendo! —pensó Margie—, ahora hay alguien que me separa de John y de Peter».

La nueva alumna se acercó al sitio que le habían asignado y, al acomodarse, le dijo:

—Hola. Me llamo Camille. —Y se le iluminó la cara con una alegre sonrisa.

—¡Hola! Yo soy Margie. —Le devolvió la sonrisa y pensó: «Creo que he tenido suerte. Parece muy simpática».

Una vez que Camille se instaló, la maestra empezó a hablar:

—Me alegro de explicar el proyecto hoy, así Camille puede empezarlo también. Sé que casi todos crearon un diario el año pasado, y este proyecto también requiere que hagan uno. Sin embargo, este año el diario tiene un propósito específico. Van a usarlo para anotar las ideas que se les vayan ocurriendo sobre un tema de interés personal. No debe ser un tema que otra gente considera importante, sino algo verdaderamente importante para ustedes. Las anotaciones y reflexiones que hagan los ayudarán a elaborar el proyecto definitivo. Puesto que están completando la escuela elemental, podrían escribir un ensayo sobre lo que han aprendido hasta ahora y cómo lo han aprendido. O escribir un poema o, incluso, una carta. Por ejemplo, podrían escribirse una carta a ustedes mismos, como si fueran a recibirla dentro de unos años, al final de la escuela intermedia. El diario debe servirles para apuntar ideas a medida que se les ocurran. Será un punto de partida. Luego podrán reflexionar y seguir haciéndose preguntas.

En ese punto, la señorita le entregó a cada alumno un cuaderno nuevo y dijo:

—Escojan un tema que les apasione. Piensen por qué es importante para ustedes. Mírenlo desde distintos puntos de vista. ¿Cuáles son los aspectos positivos? ¿Cuáles los negativos? ¿Cómo lo ven otras personas? ¿Cómo quisieran ustedes que otros lo vieran? ¿Qué intentan que otros comprendan? Por ahora, no muestren a nadie el diario. Guárdenlo para que puedan anotar sus pensamientos libremente, sin preocuparse por lo que otros opinen. Lo importante es que escriban todos los días.

La señorita Jones les pidió que empezaran a volcar ideas con relación al proyecto y les recordó que, a medida que se plantearan nuevas preguntas, deberían anotarlas.

La maestra aún estaba hablando cuando sonó el timbre del almuerzo. Se apresuró a añadir:

—Como todavía no sé qué tema han elegido, no puedo darles otras sugerencias, únicamente decirles: «piensen, piensen, escriban, escriban». Una vez que hayan empezado, pueden hacerme todas las consultas que deseen.

Los alumnos se levantaron para ir a almorzar.

—¿Qué te apasiona a ti? —le preguntó Camille a Margie cuando se colocaron en la fila de la cafetería.

—No sé —contestó Margie. La explicación de la maestra le había parecido muy larga. No estaba muy segura de cómo hacer el proyecto y quería pensarlo.

Sin preocuparse del poco entusiasmo que demostraba esa respuesta, Camille continuó:

—A mí me apasionan los delfines —lo dijo con tanto énfasis que Margie se sorprendió.

—¿De veras? —fue todo lo que pudo contestar.

—Sí, de veras, son mi pasión.

Y como Camille sonreía de nuevo, Margie le devolvió la sonrisa.

7. Delfines, todos los días

Durante las siguientes semanas, Margie aprendió más sobre delfines de lo que nunca hubiera imaginado. Era indudable que apasionaban a su nueva compañera. Afortunadamente, también era verdad que la muchacha era divertida.

—¿Sabes, Margie, que . . . ? —empezaba y enseguida exponía otro dato interesante. Sabía mucho sobre la vida de los delfines, incluso que existían más de treinta especies, desde las mayores, las orcas, hasta las que apenas medían cuatro pies. Camille le explicó que la clase que con mayor frecuencia se veía en cautividad era el delfín mular del Atlántico o tonina, pero que su especie preferida era el delfín de Commerson, uno de los más pequeños, aunque capaz de nadar a gran velocidad y de saltar muy alto.

Camille también le contó que vivían en todos los océanos y en algunos ríos, y que en el río Amazonas, en Sudamérica, había una especie de color rosado.

Lo más fascinante de todo fue enterarse de que los delfines eran matriarcales: una hembra madre de muchos hijos guiaba la manada, mientras que los machos viejos tenían menos poder.

A Margie le interesaba saber especialmente cómo nacían. Puesto que un delfín pequeño podía ser muy vulnerable frente al ataque de un tiburón, cuando una madre iba a dar a luz, otras hembras del grupo formaban un círculo a su alrededor para protegerla. No bien nacía la cría, la madre nadaba debajo de ella y la elevaba hasta la superficie, donde respiraba por primera vez, protegida por un círculo de cariñosos amigos.

Camille también sabía muchas cosas sobre los delfines y orcas que vivían en los parques de vida marítima, en distintas partes del mundo. Estaba muy bien informada de la temperatura a la que mantenían el agua en los acuarios que había visitado, de la rutina que seguían los entrenadores y de lo que les enseñaban a los delfines.

Margie disfrutaba oyendo a Camille; su entusiasmo era contagioso. Empezó a hablar con ella de sus propios intereses en la música y en los libros.

Un día en la cafetería de la escuela, Camille se refirió a la crueldad de quienes matan ballenas o hacen perecer a los delfines en las redes, y ambas compartían un sentimiento de pena por esas acciones. Margie se dio cuenta de qué distintas eran sus conversaciones con Camille en comparación con las que tenía con su prima.

Lupe todavía no sabía mucho inglés ni Margie, demasiado español. Las dos conocían palabras sueltas y oraciones sencillas. Y aunque eran suficientes para las cuestiones prácticas del día, no lo eran para compartir pensamientos y sentimientos profundos como estaba empezando a hacerlo con Camille.

«Lupe debe haberse encontrado muy sola cuando estaba en mi clase», pensó Margie. Se alegraba de que estuviera disfrutando la clase bilingüe porque, sabiendo que su prima podía hacer sus propios amigos, se sentía menos culpable. John y Peter habían dejado de molestarla burlándose de Lupe. Al principio también habían tratado de molestar a Camille porque era más alta que todos los demás, pero ella simplemente se había reído y no se había incomodado, así que pronto desistieron y se dedicaron a hablar sobre sus jugadores de fútbol preferidos, en lugar de provocar a niñas que no les prestaban ninguna atención.

No cabía la menor duda de cuál sería el tema

del proyecto de Camille. Todavía no había decidido qué haría para la actividad final, pero algunas de las preguntas sobre las que reflexionaba eran: «¿Debo ser entrenadora de delfines o bióloga marina? ¿Debe facilitarse que los delfines se reproduzcan en cautividad o únicamente deben mantenerse en ese estado por períodos breves si están lastimados y devolverse al mar lo antes posible? Ver delfines en un acuario, ¿contribuye a que las personas se interesen más en salvar las vidas de los que están en libertad? ¿Cómo conseguir que la industria pesquera no mate más delfines en sus redes?».

En lugar de sentirse abrumada por todas estas preguntas y las distintas direcciones que su proyecto podría tener, Camille escribía y escribía, y llenaba más y más páginas de su diario. En contraste, Margie había anotado muy poco en el suyo, apenas unas ideas, y no sabía muy bien cómo seguir. Pensó escribir sobre sí misma y la importancia que tenía para ella el ser estadounidense. Comprendía también cuán valiosa era la familia en su vida. Y, además, intentaba sentirse bien en relación con sus acciones tanto en la escuela como en casa. No quería sentirse culpable por su conducta, pero no estaba segura de poder escribir sobre ello.

También hubiera deseado no estar avergonzada de su prima, puesto que, en realidad, no había razón. Lo único que pasaba era que Lupe no sabía inglés. Sin embargo, su presencia todavía la incomodaba y la alejaba de su familia hasta el punto de extrañar a su madre, aunque estaba con ella en su propia casa. Pero no sabía cómo transmitir estas emociones.

«A pesar de que mis padres han sido ciudadanos estadounidenses por tanto tiempo, de momento me parecen muy mexicanos. ¿Cómo puedo yo ser tan estadounidense como quiero ser y, a la vez, sentirme cercana a mis padres?», se preguntaba una y otra vez. Aun la idea de ser estadounidense le parecía menos clara que antes, cuando creía que se trataba solamente del lugar de nacimiento o de poseer los papeles adecuados.

Por fin, Margie decidió seguir el consejo de la maestra y empezar a escribir algunas de sus preguntas e ideas. Esperaba que, de ese modo, sus pensamientos y sentimientos dejarían de darle vueltas en la cabeza y se le aclararían un poco.

Soy estadounidense.
A ratos siento que no soy bastante estadouni-
dense.

¿Podrá Lupe llegar a ser estadounidense alguna vez?

¿Por qué mis padres no me parecen suficientemente estadounidenses?

¿Son verdaderos mexicanos, aunque vivan en este país?

¿Se sienten mis padres más cerca de Lupe que de mí porque ella es también mexicana como ellos?

Quiero a Lupe.

A ratos me da lástima.

A veces la admiro.

A veces le tengo celos.

¿Podrían ser distintas las cosas?

¿Cómo podrían cambiar?

8. Ayudantes de biblioteca

Los martes y los jueves, después de terminar las clases, Camille acompañaba a Margie mientras esta esperaba a Lupe. Muchas veces iban a la biblioteca de la escuela. Una tarde, la señorita Faggioni, la bibliotecaria, les preguntó:

—¿Tienen permiso de sus padres para quedarse después de clases? ¿Les gustaría ser mis ayudantes?

Antes de que Margie pudiera decir nada, Camille contestó por ambas:

—Nos encantaría. Y ¿podemos buscar información en Internet algunas veces? Por ejemplo, acerca de los delfines.

La bibliotecaria sonrió. Camille ya había consultado todos los libros sobre delfines de la biblioteca.

Desde esa tarde, ayudaban a la bibliotecaria dos veces a la semana. Colocaban en los estantes los libros que los lectores habían devuelto para que fuera fácil volver a encontrarlos. Algunas veces revisaban los estantes para asegurarse de que cada libro estuviera en su lugar. Aunque la señorita Faggioni apreciaba la ayuda de las chicas, también las animaba a sentarse y leer.

Camille prefería los libros que trataban de la naturaleza, sobre todo los que presentaban personajes que habían sabido sobrevivir en ese medio. Le encantaba leer acerca de un chico que había pasado muchos meses lejos de la civilización con su mapache en *Mi rincón en la montaña*, de cómo Julia había logrado relacionarse con los lobos en *Julia y los lobos*, y del esfuerzo que había requerido sobrevivir un crudo invierno en *El hacha*. Su libro preferido era *La isla de los delfines azules*. Le dijo a Margie que podía imaginarse viviendo sola en una isla, en la costa de California, donde se sentiría en comunión con todos los otros seres de su alrededor.

Margie buscaba libros de aventuras. Cuando descubrió *Salamandastron,* le fascinó el mundo que describía y se dedicó a leer toda la serie de Redwall, ansiosa de seguir las aventuras de los animalitos que vivían en la abadía de Redwall y de ver cómo lograban escapar de los malvados zorros y comadrejas.

—¿No te resultan muy difíciles algunas de esas

palabras? —le preguntó Camille una tarde, señalando la página que Margie estaba leyendo.

—Sí, pero me gusta buscar las definiciones. El diccionario y yo somos buenos amigos.

Estaba familiarizada con el diccionario desde hacía mucho tiempo. Se había dado cuenta de que había muchas palabras en inglés que la madre no podía explicarle y, como su padre, por lo general, aún no había llegado a la casa cuando ella regresaba de la escuela, les pidió un diccionario. Al principio, le compraron uno de bolsillo, pero las letras eran tan pequeñas que le resultaba difícil encontrar las palabras. Entonces, adquirieron una edición de mayor tamaño. Una vez que se acostumbró a buscar las definiciones, descubrió que realmente disfrutaba haciéndolo y siguió buscando palabras para hallar su significado. Se convirtió casi en un juego, una búsqueda del tesoro, en el cual cada nuevo término era una joya que guardar, algo valioso que algún día podría utilizar.

—No conocía a nadie a quien le gustara buscar palabras en el diccionario —le dijo Camille—. Pero yo disfruto buscando cosas en Internet, así que te entiendo.

Margie sonrió. Nunca se había divertido tanto

con una amiga. Y fue quedándose cada vez más tiempo en la biblioteca, hasta que Lupe tuvo que empezar a ir a buscarla al final de la práctica de baile folclórico.

Al principio, cuando su prima se acercaba a la puerta de la biblioteca con la cara resplandeciente, Margie se despedía enseguida de Camille y se apresuraba a salir. No quería sentirse avergonzada frente a su amiga. Pero un día, antes de que pudiera hacerlo, Camille saludó a la recién llegada con una sonrisa:

—¡Hola, Lupe!

Este saludo amistoso tomó por sorpresa a Lupe. Tímida, miró hacia abajo y no le contestó nada. Antes que pudiera recuperarse y saludar, Margie la tomó del brazo, la hizo salir y se encaminó directamente a su casa. Lupe la siguió en silencio, tratando de entender lo que estaba pasando. «¿Está mi prima avergonzada porque no hablo inglés . . . o porque no tengo mi propia casa y debo vivir en la de ella?»

El mayor temor de Lupe era que Margie pudiera resentirse de compartir su hogar y sus padres con su prima mexicana. Apenas unos días antes, la señora Rodríguez le había dicho a la clase que, para comprender a alguien, era importante imaginar cómo se sentiría uno «usando los zapatos de esa persona».

Lupe se preguntaba cómo sería caminar con los zapatos de Margie. Imaginaba que si ella tuviera una casa agradable y sus padres estuvieran juntos, le alegraría que su prima viviera con ella. Pero no podía estar segura.

No importaba cuánto pensara en ello, nada parecía aliviarle la preocupación que sentía mientras recorría el interminable camino a la casa.

9. ¿Christmas o Navidad?

Las Navidades siempre habían sido la época preferida del año para Margie. Le gustaba todo: la iluminación en calles y jardines, los villancicos en la radio, los papeles de colores para envolver los regalos. En particular, le encantaba ir con sus padres a comprar un árbol y convencerlos de que eligieran el más alto que pudiera caber en la sala.

Las Navidades la hacían sentir más estadounidense que nunca. Aunque su madre, de vez en cuando, cantaba suavemente sus propias canciones o sintonizaba una estación de radio en español, Margie podía cantar a pleno pulmón *Rudolph the Red-Nosed Reindeer* o *Santa Claus Is Coming to Town*. También le gustaba entonar *Silent Night* mientras se dormía. Cada una de estas canciones le parecía un tesoro. Y como sucedía con cualquier tesoro, había tenido que trabajar mucho para conseguirlo. Recordaba la época en que no sabía los versos que los demás niños cantaban con tanta facilidad.

—¡No tenemos un árbol de Navidad como todos los demás! —le había gritado a su madre—. Y ¿por qué tienes siempre la radio en español? ¿Cómo voy a aprender a cantar las canciones que todos se saben?

Consuelo se sintió tan mortificada que se puso a llorar. Era la primera vez que Margie la veía así, y se apenó mucho.

El padre la llevó a comprar un árbol, que en esa oportunidad, fue pequeño. Y la madre compró decoraciones. Unos días más tarde, el día de Navidad, Margie encontró debajo del árbol un paquete con un reproductor de CDs y dos villancicos en inglés. Tocó las canciones durante meses enteros, hasta mucho después que todos hubieran dejado de pensar en las Navidades pasadas y mucho antes que empezaran a hacer planes para las próximas. Y cuando volvieron a llegar las fiestas, Margie podía cantar la mayoría de los villancicos en inglés, aunque no llegaba a comprender muchas de las palabras, como *Deck the halls with boughs of holly,* que quiere decir: «Adorna las salas con ramos de acebo».

Esos villancicos ya eran suyos: los había aprendido, podía compartirlos, y le parecían una prueba de que pertenecía al país. Y porque había hecho el esfuerzo de buscar cada palabra que no conocía, las entendía todas.

Otra razón por la que le gustaban las Navidades era que, usualmente, su padre podía tomarse unos cuantos días de vacaciones. Eso les permitía hacer cosas especiales, como ir a San Francisco a ver el gran árbol en Union Square y las alegres decoraciones en las tiendas y en las casas. El año anterior, habían patinado sobre hielo en la pista del Embarcadero Center.

Esas fiestas le otorgaban a Margie, sobre todo, el sentimiento de ser, en verdad, parte de la sociedad en la que vivía. Y creía que al animar a sus padres a celebrarlas al estilo del país, estaba ayudándolos a volverse más estadounidenses.

Sin embargo, las Navidades con Lupe se estaban presentando de manera muy distinta.

—Tenemos que hacer que Lupe se sienta en su casa. Es difícil estar lejos del propio hogar en época de Navidad —había dicho la madre de Margie. Aunque era algo muy positivo, implicaba cambios mucho mayores de los que Margie hubiera imaginado. Los padres no paraban de hablar de las fiestas que habían vivido en México cuando niños. La madre tocaba continuamente villancicos en español y animaba a Lupe a que cantara con ella. Y la casa estaba siempre llena de visitas que les hablaban a las niñas con mucho cariño, pero a Margie le parecía que lo hacían demasiado rápido y que no podía entender. Lo peor de todo era que sus padres habían decidido que ese año, en lugar de armar un arbolito, harían un nacimiento.

—¡Ya verás qué lindo! ¡Será maravilloso! —exclamó Consuelo. Y cuando Margie vio las cajas de cartón cubiertas de papel de estraza en la esquina de la sala donde acostumbraban poner el arbolito, respondió enojada:

—Sin un árbol, no será Navidad. —Se fue corriendo y se encerró en su cuarto para poder estar sola.

A la mañana siguiente, cuando se despertó, sintió olor a chocolate caliente y churros. Se estiró en la cama por un momento, se puso con rapidez un par de vaqueros y una camiseta de cuello alto y bajó enseguida al comedor.

—El chocolate con churros es el mejor reloj despertador que conozco —le dijo el padre mientras colocaba un plato de churros sobre la mesa.

En la radio estaban tocando *Feliz Navidad*, y la madre había puesto el mantel bordado que Dolores había mandado de regalo. En el centro de la mesa, había una vasija grande de cerámica llena de calas.

—Parece un cuadro de Diego Rivera, ¿verdad? —le preguntó Lupe a Margie, en inglés. Aunque Lupe siempre hablaba en español con los padres de Margie, trataba de hablar en inglés con ella.

Margie la miró y se encogió de hombros. No tenía idea de qué estaba hablando la prima. Lupe se levantó de la mesa y salió corriendo.

—¿Qué pasa, Margie? —le preguntó Consuelo, preocupada.

—No sé. —Tenía ganas de empezar a comer churros, pero le preocupaba su prima porque nunca antes se había levantado de la mesa de esa manera tan brusca.

Lupe regresó enseguida. Trajo un libro con la reproducción de un cuadro famoso pintado por Diego Rivera en el que podía verse una vasija de barro llena de calas. Le brillaban los ojos de alegría y orgullo.

Margie miró primero la decoración que la madre había puesto sobre la mesa y luego la ilustración. ¡El cuadro tenía matices fuertes y profundos! Le sorprendió que el pintor hubiera logrado convertir algo tan cotidiano en una obra de arte. Había visto a Lupe hojear ese libro muchas veces. ¡Por fin comprendía por qué le gustaba tanto!

Mientras ayudaba a quitar los platos de la mesa y a fregarlos, Margie seguía recordando el cuadro. Diego Rivera era un pintor mexicano; quizá eso despertaba en Lupe el orgullo de ser mexicana. Margie estaba tan acostumbrada a considerar que México era un país pobre, donde la gente tenía todo tipo de problemas, un lugar que no podría despertarle orgullo a nadie . . . Pero empezaba a verlo de otra manera.

En cuanto terminaron de lavar y secar los platos, Lupe le pidió:

—Ven, Margarita, ¡vamos a arreglar el nacimiento para que quede bien bonito! —Y con el sabor a chocolate con churros todavía en la boca, se fueron a la sala.

Las cajas cubiertas de papel de estraza estaban empezando a parecer el paisaje de un desierto. La madre de Margie había llenado varias bandejas de retoños de trigo, y el padre había colocado un pequeño ventilador. La brisa hacía mover los tiernos retoños como si fueran plantas en un campo, y la escena se llenaba de vida.

—¿No te parece precioso? —le preguntó Lupe en

inglés y añadió—: ¿Quieres que pongamos un lago? Podemos crearlo con un espejo. Y un río . . . , podemos hacerlo de . . . de . . . —Lupe no encontraba la palabra en inglés y Margie la ayudó:

— . . . de papel de aluminio. —No había oído nunca a Lupe hilvanar tantas palabras en inglés—. ¡Claro que sí! ¡Hagámoslo!

Las niñas se dedicaron a colocar las casitas, pero las cambiaron una y otra vez de lugar. Ubicaron a los pastores y a las ovejas en un cañón hecho de papel de estraza arrugado primero, pero luego decidieron ponerlos en otra parte. Lo más difícil fue encontrar el sitio apropiado para los Reyes Magos. Lupe hablaba de ellos como si fueran sus amigos íntimos:

—Este es Melchor —le dijo a su prima, enseñándole el que parecía mayor y montaba un camello—. Vino de Arabia. Este es Gaspar, el más joven, que vino a caballo desde Persia.

Al oír esos nombres, las figuras empezaron a cobrar vida para Margie, que antes nunca había pensado en los Reyes Magos como individuos.

—¿Cuál es tu preferido? —le preguntó Lupe. Y sin esperar la respuesta, añadió—: El mío es Baltasar, que vino de África montado en un elefante. ¡Me encantaría poder montar en un elefante alguna vez!

Las dos trabajaron juntas por varias horas sin darse cuenta de cuánto tiempo había pasado. Margie estaba decidida a que, si no iban a tener un arbolito este año, el nacimiento tenía que resultar lo más hermoso posible.

Mientras lo armaban, se sentía confundida. Las Navidades habían dejado de ser como antes. Ya no eran sus padres y ella solamente. Ese año era muy distinto de los anteriores, y le parecía que había perdido algo muy importante. Sin embargo, la presencia de Lupe los hacía pasar más tiempo juntos. Y casi a pesar de sí misma, se alegraba de las cosas que estaba aprendiendo. Quizá era posible tener tanto flores de Navidad como calas.

Y Margie hizo algo muy natural para Lupe, pero que nunca lo había sido para ella. Después de darles un beso y un abrazo a sus padres, le dio un fuerte abrazo a su prima también.

10. Verdaderos regalos de Navidad

La primera Navidad en los Estados Unidos, lejos de México y de todo lo que le era familiar, le resultó muy especial a Lupe. Extrañaba muchas cosas que no hubiera sabido explicar. En su pueblo en esa época del año había una atmósfera propia, una combinación de pequeños detalles, hasta un olor distinto en el aire.

Algunas de las cosas que añoraba eran fáciles de nombrar, como *La pastorela,* una representación tradicional sobre los pastores a quienes se les anuncia que ha nacido un niño en un pesebre. Algunas personas del pueblo la interpretaban cada año, y Lupe nunca se cansaba de verla.

También se hacía una gran celebración en la plaza, donde los danzantes, vestidos con trajes de colores brillantes y con grandes adornos de plumas en la cabeza, bailaban por horas y horas. Pero, más que nada, había un sentimiento de expectativa, la excitación de sentir que algo maravilloso podría suceder.

El día de Año Nuevo, los fuegos artificiales que se encendían en la plaza iluminaban todo el pueblo y dejaban un característico olor a pólvora en el aire.

Todos esperaban el 6 de enero, el día de los Reyes Magos, cuando los tres reyes les traían regalos a los niños. Como casi todos los chicos, Lupe no esperaba muchos juguetes, puesto que muy pocas personas tenían los medios para hacer presentes costosos. Pero cualesquiera fueran los regalos que le trajeran, le daban mucha alegría, y los disfrutaba con risas y juegos durante muchos días.

En California, las fiestas eran muy distintas, como todo lo que estaba experimentando por primera vez.

Unos días antes de Navidad, Margie se puso a revisar sus CDs con impaciencia, tratando de encontrar un villancico específico, y dijo:

—No veo el momento de tener un iPod. Espero que Santa Claus me lo traiga. ¡Estos CDs son tan tontos!

Lupe no replicó. No podía creer lo que estaba oyendo. Ella estaba admirada de que Margie tuviera tantos CDs, que tocaba en un reproductor que estaba en el comedor. Era muy práctico y tenía un par de audífonos para que la música no molestara a los demás. Algunas veces Margie se los quitaba para que la prima también pudiera oír. Ese gesto complacía mucho a Lupe.

Se sorprendía de que Margie constantemente pasara de una canción a otra o cambiara de CD. Le hubiera gustado escuchar cada tema hasta el final. Pero justo cuando estaba empezando a comprender algunas de las palabras de la canción, Margie saltaba a la siguiente o cambiaba el CD. En medio de cada canción, su prima se ponía a buscar lo que escucharía a continuación.

Mirando el aparato, Lupe pensó: «Sí, así es como me siento yo en este país, obligada a avanzar a alta velocidad en forma permanente. Cuando creo que estoy entendiendo algo, resulta que tengo que aprender algo distinto».

No era agradable tener que moverse siempre hacia adelante, demasiado rápido para asimilar las nuevas experiencias. Sin embargo, Lupe sonrió. Incluso los sentimientos desagradables eran mejores una vez que uno los comprendía. Recordando los ejercicios de presentación que había estado practicando en la clase de inglés, pensó: «Hola, soy Lupe, el reproductor de CDs que está siempre avanzando a alta velocidad y en el cual los discos cambian sin parar».

El día de Navidad por la mañana, a Margie se le hizo difícil disimular su desengaño cuando no recibió un iPod. Había muchos otros regalos: una mochila nueva, un suéter que había admirado el día que había ido con su madre a las tiendas y un par de patines. Trató de mostrarse agradecida y de aparentar estar tan feliz como sabía que a sus padres les gustaría que estuviera.

Cada vez que Lupe abría un paquete, su alegría era evidente.

—Es el regalo más maravilloso que hubiera podido imaginarme nunca —dijo con gran entusiasmo cuando abrió uno que contenía una caja de madera, como las de los pintores, llena de pinceles, lápices de colores, pasteles, tubos de óleo y una paleta. Aunque Lupe habló en español, a Margie no le fue difícil comprender la enorme alegría de su prima.

Había estado pensando que por culpa de Lupe no había recibido el iPod. Los padres siempre se habían esforzado para regalarle lo que ella más deseaba. Esas fiestas, como tenían que comprar regalos para dos niñas en lugar de una sola, todo les sería más difícil.

Sin embargo, al ver la felicidad reflejada en la cara de su prima, ya el iPod no le pareció tan importante. Más tarde, cuando Lupe le pidió que posara para hacerle un retrato, dijo:

—Bien, pero primero déjame encontrar algo que podamos oír. Y colocó un CD y dejó que tocara sin interrumpirlo mientras posaba para Lupe.

11. Entrenadora por un día

El primer día de clases después de las vacaciones de Navidad, cuando Margie y Camille entraron a la biblioteca y vieron la inmensa pila de libros que habían devuelto, exclamaron:

—¡Ay! ¡Qué horror! —Pero en realidad, se sentían más entusiasmadas que preocupadas porque les gustaba su trabajo, y les alegraba ser útiles. Se quitaron el suéter y se abocaron a la tarea.

A Margie le parecía increíble que Camille estuviera tan dorada por el sol y que el pelo se le hubiera aclarado tanto.

—Fuimos a la Florida, a visitar a mi bisabuela, y de allí, a los cayos —explicó mientras organizaban la montaña de libros—. Nadamos con los delfines y participamos en un programa de entrenadores por un día.

—¿Entrenadores por un día?

—Sí, te pasas el día, bueno, más bien medio día,

en un parque donde hay delfines y leones marinos. Y los entrenadores te enseñan a dar órdenes a los animales para que hagan ciertas cosas, como vocalizar, salpicar con agua y hasta dar un beso. Y entonces, tú das las órdenes, y los animales te responden como si fueras el entrenador.

—¿De veras pudiste hacer todo eso?

—Sí. Y luego te enseñan a prepararles la comida. Tienen una cocina muy grande con un refrigerador enorme donde guardan el pescado, y todo está limpio, limpísimo. Debes lavarte las manos como lo haría un cirujano para estar segura de que no haya ninguna bacteria que pueda enfermar a los animales. Hay un cartel con el nombre y el peso de cada delfín y cada león marino, y la cantidad de libras que necesita comer por vez, de acuerdo con su peso. Y el pescado y los calamares que usan como alimento son muy frescos y de la misma calidad que los que sirven en los restaurantes.

—¡Ufff . . . ! A mí no me gusta el pescado. Pero ¡qué suerte tienes!

—Pues tú también, porque mi papá me dijo que debes pedir permiso para ir con nosotros este domingo al parque Discovery Kingdom, en Vallejo. Mis padres nos van a llevar a mis hermanas, Jessica y Collette, y a mí. Como yo he estado allí tantas veces, conozco a algunos de los entrenadores, y podremos hablar con ellos mientras descansan entre los espectáculos.

—¿Lo dices en serio? —Margie no lo podía creer. Con el pelo rubio y la piel tan tostada en medio del invierno, Camille casi parecía una entrenadora. Y ¡la estaba invitando a ir a un parque de vida marina!

Pero entonces, se acordó de Lupe, y se le pasó el entusiasmo.

—Bueno, no sé. A mí me encantaría ir, pero mi madre . . . , sé que mi madre . . . —Quería decir que su madre sugeriría que llevara a Lupe, pero no se atrevía.

—La convencerás. Y puedes traer a tu prima también.

—¿De veras? —Margie recuperó el entusiasmo a la velocidad de un rayo . . . Pero le parecía mentira que invitara a Lupe. ¿Por qué Camille la incluiría a ella también?

—¿A Lupe? Pero si casi no puede hablar inglés.

—No importa. Yo sabía que querrías llevarla, así que les pregunté a mis padres si podrían venir las dos. Ella es siempre tan callada . . . , pero seguro que le encantarán los delfines. Y no te preocupes: mi padre habla español; él conversará con ella. Quizá hasta yo pueda empezar a hablar español también. Me estoy cansando de ir a la Florida y no entender a ninguno de mis parientes.

—¡¿Tus familiares hablan español?! ¿Por qué? Tú no eres . . . —Margie se sentía bastante tonta de momento.

—Mira, por lo menos la mitad de los miembros de mi familia hablan español. Toda la familia de mi padre. Mi bisabuela, que vive en la Florida, y mi abuelita son cubanas, y mi padre es del Perú —le explicó con toda sencillez.

Margie observó a Camille como si nunca antes la hubiera visto. Esa chica tan alta y rubia, con una piel tan clara y sin ningún acento ajeno al inglés, tenía un padre latino. No había duda de que era estadounidense, pero parecía que no le importaba que sus familiares no lo fueran.

—Y yo que creía que eras tan totalmente estadounidense —comentó Margie, sorprendida por completo.

—¡Qué gracioso!, eso mismo creía yo —dijo Camille, riéndose—. Soy estadounidense y soy la misma persona que conocías antes de enterarte de que la mitad de mi familia viene de otros países—.

Y sonriéndole, añadió—: ¿Todavía no te has dado cuenta? Los Estados Unidos son un país de gente muy distinta. Los antepasados de la mayoría de los habitantes provienen de otros lugares del mundo, aun cuando se les haya olvidado o estén tratando de aparentar que su familia ha vivido en este país desde siempre. Los únicos que de verdad han vivido aquí desde siempre son los indígenas. Y tu familia mexicana y mi familia peruana tienen más raíces indígenas que la familia de casi todos los demás, incluidos los que creen que solo ellos tienen derecho a estar en este país.

—¿Por qué no me habías contado nada sobre tu familia? —preguntó Margie, todavía un poco confundida por lo que su amiga decía.

—No sé . . . , quizá porque a mí no me ha importado nunca de dónde viene mi familia. Bueno, no quiero decir que no me importe. Tal vez la verdadera razón es que me siento un poco avergonzada de no hablar español. No sé por qué no me lo enseñaron cuando era pequeña; ahora no es tan fácil de aprender.

Margie no sabía cómo interpretar lo que oía y pensó: «Me parece una razón equivocada para avergonzarse».

La señorita Jones les repetía con frecuencia que escribir ayudaba a aclarar las ideas. Quizá podría escribir sobre ese tema en el diario. Podría hacer la pregunta: «¿Qué significa verdaderamente ser estadounidense?» y buscar la respuesta.

Lupe llegó a la biblioteca después de la clase de baile folclórico con las mejillas encendidas y la frente cubierta de sudor. Se quedó en la puerta, como si no quisiera interrumpir.

—Hola, Lupe, ¿cómo estás? —dijo Camille en español, para practicar las frases que había estado usando en la Florida. Lupe le sonrió, pero no respondió nada. Camille añadió, mientras se ponía el suéter—: Margie, no te olvides de preguntarles a tus padres si Lupe y tú pueden venir al Discovery Kingdom. ¡Hasta podrían quedarse a dormir esa noche en mi casa!

A Lupe le dio un salto el corazón. Estaba sorprendida y encantada de que la incluyeran, pero decidió no decir nada hasta preguntarle a Margie y asegurarse de que la invitación era verdadera.

Entre tanto, Margie miraba a su amiga, sacudiendo la cabeza, como diciéndole: «No puedo creer que nunca me contaras que la mitad de tu familia hablaba español». Como si le estuviera leyendo los pensamientos, Camille le sonrió:

—Mi padre dice todo el tiempo: «Lo importante es lo que aprendes cuando ya creías que lo sabías todo». ¡Hasta mañana!

12. Montar en elefante

El día en el parque marino resultó ser todo lo que Margie podía haber soñado y más. Los padres de Camille se mostraron muy interesados y atentos. Jessica y Lupe se hicieron amigas enseguida, sin necesidad de muchas palabras. A Collette, la hermanita menor de Camille, le encantaban los animales, y sus padres disfrutaban viendo su entusiasmo. La familia había ido muchas veces a ese parque y sabían los horarios de los distintos espectáculos y qué esperar de cada uno.

El padre de las niñas hablaba con Lupe en español y se reían como cuando ella hablaba con los tíos. Camille y Jessica intentaban decir también algunas frases en español, y por primera vez, Margie no se sintió avergonzada del idioma de sus padres. Trató de unirse a la conversación y, aunque no podía hablar con fluidez, se alegraba de que su pronunciación fuera la de un hablante nativo.

Lupe describió el nacimiento que habían armado en la casa de Margie, y entonces el padre de Camille les contó que, cuando era pequeño, su familia celebraba tanto las Navidades como el 6 de enero, el día de los Reyes Magos.

—¡Éramos los únicos niños del barrio que recibíamos juguetes dos veces al año! Cuando ya nos habíamos cansado de jugar con los de Navidad, recibíamos otro montón. —Se rió y les aclaró—: aunque en verdad, nunca nos cansábamos de jugar con nuestros juguetes. Todos servían para hacer construcciones a las que podíamos añadirles cada vez más piezas. Teníamos pistas de trenes y de autos, que armábamos por toda la casa, de habitación en habitación, y edificábamos pueblos y granjas alrededor de los rieles y los caminos. ¡Nuestra casa parecía más un parque de diversiones que un hogar!

A Margie le pareció que recibir regalos en dos ocasiones no estaba nada mal.

A lo largo del día, por momentos Camille y ella se adelantaban e, incluso, fueron solas a ver algunos de los espectáculos. Las cuatro niñas mayores subieron a la montaña rusa, mientras los padres y la menor las esperaban. Pero en general, disfrutaron todos en grupo.

Al ver de cerca a los delfines, Margie comprendió por qué a su amiga le gustaban tanto. Los majestuosos animales parecían deslizarse por el agua y volar por el aire cuando hacían sus demostraciones. Interactuaban unos con otros y con Camille a través del cristal del acuario. Ella podía pasarse horas jugando: ponía la cara contra el cristal, les mostraba un animal de peluche y corría escondiéndose de ventana en ventana.

A Margie le resultó interesante la variedad de preguntas que Camille les hacía a los entrenadores, y estaba encantada cuando la incluían en la conversación. Pero lo mejor de todo fue sentirse tan a gusto con la familia de su amiga y no tener vergüenza de su prima. Desde que Lupe había llegado de México, a Margie le preocupaba tener que soportar las burlas de los demás si la veían con ella. Pero había aparecido Camille, y ahí estaba la chica a la que admiraba tanto, compartiendo una barra de chocolate con Lupe y divirtiéndose con ella como si la conociera de toda la vida.

Camille se dio cuenta de que Margie las observaba y le preguntó:

—¿En qué piensas?

—En nada —mintió.

—Bueno, entonces, ¡vamos a ver el espectáculo de las orcas! —sugirió con una sonrisa—. Papá, nos encontraremos contigo frente al Island Party. ¿Está bien?

—Sí, pero tengan cuidado. —Apenas tuvo tiempo de contestarle porque las cuatro niñas ya corrían hacia el estadio donde las bellas orcas y sus entrenadores estaban actuando.

La música era vivaz. Margie veía que el público aplaudía marcando el compás y se movía al ritmo de la melodía. «Estas son personas de todas partes del mundo que vienen a ver a estos animales tan hermosos y a disfrutar el espectáculo», pensó. Y mientras veía a su alrededor gente tan diferente, reflexionó: «¿De qué países vendrán? Espero poder ir algún día a esos países y oír esos idiomas, aunque no los comprenda. Sin embargo, aquí, en este lugar, no hay nada que nos separe, no somos distintos, somos solo seres humanos que disfrutamos juntos».

Precisamente entonces la entrenadora salió del agua, de pie, muy erguida sobre la cabeza de la orca, y Margie lanzó un suspiro de alivio. Un alivio que tenía tanto que ver con sus pensamientos como con el extraordinario final del espectáculo.

Mientras se dirigía a la salida del parque con la

familia de su amiga y se movía lentamente entre la multitud, reconstruía los momentos de ese día, saboreando todo lo que había experimentado.

Por primera vez desde la llegada de su prima, se sentía verdaderamente contenta. Se había disipado la preocupación que la había estado abrumando. Y parecía que la jornada había sido grata para todos. En particular, le alegraba que hasta el mayor sueño de Lupe se hubiera hecho realidad porque había llegado a montar en un elefante.

Cuando todo el grupo fue a ver a los grandes mamíferos terrestres, los tigres blancos, las altas jirafas y los elefantes asiáticos, el padre de Camille se dio cuenta de cuánto fascinaban a Lupe los paquidermos y le sugirió que montara en uno. Y en seguida le compró un boleto.

Lupe pudo alimentar a los elefantes y medir fuerzas con uno, tirando, junto con otras personas, de la soga que este sostenía con la trompa. Pero a Margie no le quedaba duda alguna de que montar en un elefante había sido lo más extraordinario del día para su prima.

—Antes creía que, de los tres Reyes Magos, quien me traía los regalos era Baltasar. Y ahora, ¡he montado en un elefante como hace él! —decía Lupe entusiasmada—. ¡Qué elefante tan maravilloso! ¿Vieron qué grácil y qué fuerte es? —seguía repitiendo.

—Es extraño —le dijo Margie a Camille—. Cuando está feliz, parece que el inglés le brota de la boca como el agua de la fuente. Pero cuando está preocupada, no puede articular ni lo más sencillo.

—A mí no me parece raro —replicó Camille—. Antes yo cantaba muy alto en la ducha o cuando estaba sola, pero si alguien me miraba, mi voz ya no era la misma. Ahora que soy miembro del coro, me encanta cantar, aunque esté frente a mucha gente. Es una de mis actividades preferidas.

—Sí. Y yo sé qué es lo que más te gusta de todo. —Y señaló el tanque en el que los delfines jugueteaban. Ambas se echaron a reír, y Margie continuó—: ahora tengo algo más para escribir en mi diario: «Cuando uno está feliz, le resulta más fácil aprender idiomas y hacer otras cosas».

Regresaron ya de noche. Mientras Margie se duchaba antes de acostarse, seguía pensando en el día tan agradable que habían pasado. ¡Cuántas cosas nuevas y maravillosas! Le encantaba que Lupe hubiera estado tan contenta. Vivir tan lejos de su casa tenía que ser muy difícil para ella, aunque nunca se quejara. Verla reír con tanta alegría, sentada sobre el elefante, le hizo comprender qué valiente era su prima. Los espectáculos con los delfines y las orcas también habían sido extraordinarios, y siempre recordaría a la joven entrenadora que actuaba con ellos.

¡Qué distintas podían verse las cosas con los ojos de otros! La había sorprendido mucho que Camila dijera: «¡Qué hermoso pelo tienes, Lupe! Es como el de mi tía Rosa. Siempre he querido tener el pelo negro y lacio como el de ustedes».

13. Encontrar respuestas

El lunes siguiente, después del paseo al parque de vida marina, la señora Rodríguez estuvo ausente, y una maestra suplente se ocupó de la clase de Lupe.

—Iremos a la biblioteca y cada uno sacará un libro. Tendrán una hora para leerlo y luego compartirán con la clase lo que hayan leído —les dijo.

Lupe no tardó nada en elegir un libro acerca de elefantes. Hasta el día en que visitaron el Discovery Kingdom, los elefantes habían sido para ella seres míticos, animales gigantes como el que montaba el rey Baltasar. Pero después de haberse sentado sobre el lomo de uno de ellos y de haber podido observarlos de cerca, estaba intrigada y llena de preguntas: «¿Cuánto tiempo viven los elefantes? ¿Cuánto dura el embarazo de una madre elefante? ¿Cuánto tarda en crecer un elefantito? ¿Qué comen en su ambiente natural? ¿Es verdad que tienen una memoria sorprendente? ¿Qué elefante dirige a la manada?».

Mientras regresaban a la clase, Lupe llevaba abrazado un libro grande con fotos magníficas y lo apretaba contra el corazón. No podía esperar a leerlo.

Comenzó a mirar el libro y a recordar el elefante que había montado. ¡Qué experiencia increíble! Jamás se había atrevido a imaginarse que podría hacer algo así. Pasar el día con la familia de Camille había sido un estupendo regalo. Y lo que más le había gustado había sido conocer a Jessica, tan amistosa y divertida.

Se había admirado de que Jessica llevara consigo, en una bolsa grande, un cuaderno de dibujo y lápices de colores, y de que a veces se detuviera para hacer bocetos de lo que veía. Absorta en sus dibujos, parecía disfrutar tanto que no se preocupaba de lo que nadie pudiera pensar. «Dibujar le gusta tanto como a mí», reflexionó y se dio cuenta de que ella también podía llevar consigo materiales para dibujar y podía sentirse igualmente libre de hacerlo.

Jessica le había hablado de sus animales favoritos:

—Los vi por primera vez en la Academia de Ciencias. Aunque no son grandes como los delfines y los elefantes, son realmente mágicos.

Llena de curiosidad, Lupe preguntó:

—¿Qué son?

Bajando la voz, como si estuviera compartiendo un gran secreto, Jessica le respondió:

—Dragones marinos.

—¿Dragones marinos? —Lupe estaba desilusionada—. Creía que hablabas de animales de verdad. Los dragones son solo fantasía.

—Pero SON de verdad . . . ¡Deja que los veas! Iremos juntas a la Academia de Ciencias. Son maravillosos. —Y, con una sonrisa encantadora, añadió—: Sé que vas a estar de acuerdo conmigo en que no hay nada igual en ninguna parte del mundo.

—¿Cómo son?

Después de lanzar un profundo suspiro de nostalgia, Jessica le explicó:

—Son animales marinos, como los caballitos de mar, solo que más grandes. Pero cuando los miras, parecen plantas. Las alas, porque tienen alas, aunque viven en el agua, parecen ramas o algas, y cuando las mueven parece que vuelan. Tienes que verlos para creerlo. ¡Son tan bellos!

Ya en la biblioteca, mientras recordaba esa conversación, Lupe se sentía ansiosa por conocer a esos seres extraordinarios, originarios de los mares de Australia, pero no estaba segura de qué era lo que más la ilusionaba: ver a los mágicos dragones marinos o pasar más tiempo con Jessica. Trató de imaginarse lo que sería vivir con padres que, como los de Jessica o como los de su prima, se mantuvieran unidos. El paseo al Discovery Kingdom había sido maravilloso, pero creía que, si tuviera una familia así, no sería necesario ir a un parque para ser feliz. Solo con estar juntos sería suficiente.

Y Lupe sintió el viejo dolor que había nacido con la ausencia del padre y la tristeza de la madre. Escondió la cabeza en el libro de elefantes y parpadeó rápidamente para contener las lágrimas, pero tuvo que enjugarse los ojos con el dorso de la mano.

Entonces pensó en cuánto le disgustaría a Consuelo saber que la sobrina se sentía tan triste. Aunque sus tíos no eran sus verdaderos padres, la habían recibido con cariño paternal. Comprendía que para la tía, era importante que ella estuviera allí, que representaba una especie de conexión con el hermano que había desaparecido, y que al tío Francisco, tan generoso siempre, aunque no tuviera parentesco de sangre, ella le permitía imaginar cómo había sido Consuelo de niña.

El día anterior en el parque, por primera vez, le había parecido que Margie se sentía cómoda compartiendo sus amigos. Había temido que la amistad con su prima, que había comenzado durante las vacaciones de Navidad, no llegara a afianzarse; en ese momento, en cambio, creía que perduraría.

Lupe lanzó uno de esos suspiros profundos que hacían que Consuelo la abrazara con fuerza. Pero la tía no estaba allí, así que cruzó los brazos sobre el pecho y se dio un abrazo a sí misma. Luego sonrió y siguió leyendo el libro, buscando la información que quería, aunque, posiblemente, la respuesta a sus preguntas sobre los elefantes sería más fácil de encontrar que la respuesta acerca de su propia vida.

14. Baile folclórico

El martes, cuando Margie salió de clase, Lupe la estaba esperando parada tímidamente contra la pared del pasillo.

—Ahí está tu prima, Marguereeeta —se burló John.

—¿Ya sabe hablar inglés? —insistió Peter.

—Es más lista que ustedes dos juntos —dijo Camille y se enderezó para parecer aún más alta.

Los chicos se fueron, riéndose, pero sin pronunciar una palabra más.

—Hola, Margie. Hola, Camille. Margie, la señora Rodríguez quiere que vengas —dijo Lupe en su inglés lento con acento extranjero.

—¿Que yo vaya? ¿Por qué? —En la voz de Margie se oía la preocupación. ¿Tendría Lupe algún problema?

—No pasa nada malo . . . , quiere hablar contigo . . . —Al ver que Margie dudaba, añadió—: Ven ahora mismo, por favor. Te está esperando.

—Está bien, Lupe. Ya voy. Camille, no sé qué pasa. Si no llego a ir a la biblioteca, por favor, explícaselo a la señorita Faggioni.

—Seguro. No te preocupes —contestó Camille mientras se iba.

Margie y Lupe caminaron hasta el otro extremo de la escuela, más allá del patio de recreo. Allí, en varias estructuras prefabricadas, dictaban las clases bilingües y la de educación especial y atendía la terapeuta del habla.

La señora Rodríguez era alta y esbelta, de ojos negros y redondos, cuya mirada llegó al corazón de Margie.

—Margarita, ¿podrías bailar con nosotros, por favor?

Su modo de hablar español le pareció a Margie suave y musical, y se alegró de poder comprenderla. Le encantaba bailar, pero al principio dudó y contestó en inglés:

—¿Bailar? ¿Y por qué yo?

—Tienes la estatura adecuada. Y necesitamos otra chica hasta que Vanessa se cure de la gripe. Como, de todos modos, te quedas a esperar a Lupe, ¿podrías hacerlo?

—Me imagino que sí —dijo Margie—si es por unos días. Pero la verdad es que yo no sé bailar nada mexicano.

—Aprenderás enseguida, estoy segura. —La maestra estaba convencida, pero una hora más tarde, Margie no lo estaba en lo absoluto. Esos bailes folclóricos no se parecían a nada que ella hubiera bailado.

Cuando era más chica, los domingos por la noche su padre solía sintonizar en la radio un programa de música y bailaba boleros suaves o salsa con ella y con Consuelo. Y en las pocas visitas a la casa de Liz, habían escuchado música pop y se habían divertido creando sus propios movimientos. Sin embargo, las danzas folclóricas eran completamente distintas.

Los alumnos parecían tener una idea clara de cómo debían ser, pero Margie solo veía pasos complicados y chicos y chicas que iban cambiando de lugar en el espacio que habían creado en el centro del aula después de arrimar los pupitres contra la pared. Sintió alivio cuando la maestra dijo que era hora de irse, pero también, tristeza porque, aunque no había logrado aprender todos los pasos, sí le habían salido bien los últimos.

El jueves de esa semana y el martes de la otra,

después que terminaron las clases, Margie cruzó con alegría el patio de la escuela para unirse al grupo. Y a medida que se fue familiarizando con la coreografía, empezó a dejarse llevar por la alegría de la música.

El jueves siguiente, cuando llegó a la que sería su cuarta práctica, ya había otra chica en su puesto.

—Es Vanessa —dijo la señora Rodríguez—. Ya regresó. Pero hoy ha faltado Lucy —añadió—. ¿Por qué no te quedas? Puedes ser nuestro *understudy*. Así, si falta alguien, podrás tomar su lugar.

Margie no había oído nunca la palabra *understudy* y no estaba muy segura de que le gustara su sonido, porque *under* quería decir «debajo de». Tendría que buscar esa palabra en el diccionario cuando llegara a casa. Mientras tanto, bailaría. Y si podía bailar una vez más, ¿qué importancia tenía el nombre que le dieran?

15. Días de primavera

A Margie le encantaba el olor del aire en la primavera y el sentido de promesa que percibía a su alrededor. Dos pajarillos habían hecho su nido en la hiedra de las columnas del portal de la casa, y la madre les había pedido a todos que entraran por la puerta de la cocina, para no molestarlos.

Margie daba la vuelta a la casa varias veces al día para observarlos. Estaba de acuerdo en que no se los debía perturbar abriendo la puerta, pero al mismo tiempo, sentía la necesidad de ver cómo estaban.

En esos pequeños recorridos a través del breve espacio lleno de plantas que había entre su casa y la de los vecinos, descubría todo tipo de maravillas: setas aterciopeladas, flores de trébol moradas, un helecho tierno que crecía a la sombra del arbusto florecido de lilas. Ese mundo le hacía pensar en sus libros de la colección de Redwall. En ellos, tejones, ardillas, ratoncitos, nutrias, liebres sembraban y cuidaban sus huertas en los terrenos de la abadía. Cuando recogían nueces y frutillas en el bosque, estaban siempre alertas para que no los sorprendieran zorras y raposas, y cada vez que era necesario, se refugiaban detrás de los fuertes muros de la abadía.

A menudo, se detenía en medio del jardín, perdida en sus pensamientos, como si esperara que uno de esos animalitos apareciera en cualquier momento, y suspiraba cuando oía a las abejas zumbar entre las lilas o veía pasar a una libélula veloz. ¿Cuántos tesoros habría ocultos en su propio jardín?

Quizá ese era el tema sobre el que debía escribir en el diario. Había anotado algunas ideas, pero sentía que todavía no había encontrado algo sobre lo que pudiera hablar claramente y convincentemente.

En una oportunidad, estaba tan distraída en esos pensamientos, que no se dio cuenta de que su madre caminaba detrás de ella hasta que sintió que le ponía el brazo sobre los hombros.

—Te gustan las flores tanto como a mí —le dijo Consuelo con una sonrisa—. Por eso te di el nombre de una flor: la margarita. Son tan hermosas, tan alegres con ese centro dorado . . . Siempre han sido mis preferidas. ¡Como tú!

—¿De veras soy tu preferida?

—Lo sabes muy bien, hijita. Mi primera y única hija, mi mayor tesoro. —La madre la miró a los ojos y, después de un momento, le preguntó—: No te disgusta que Lupe esté aquí, ¿verdad?

Margie recorrió el entorno con la mirada y tomó una bocanada de aire primaveral, cargado de fragancia de lilas. Si la madre le hubiera hecho esa pregunta unos meses atrás, quizá hubiera contestado de otro modo, pero no, ya no se sentía molesta porque Lupe viviera con ellos.

—Mami, yo la quiero a Lupe —comenzó y, como no quería perder esa oportunidad de sincerarse, continuó—: Bueno, así es como me siento ahora. Al principio, me avergonzaba y me molestaba que me vieran con ella en la escuela. Pero ahora pienso que es muy valiente. Y quiero que sea feliz. ¿Has notado que cuando está contenta habla mucho mejor en inglés?

—Sí, corazón, y lo comprendo muy bien. —Y la envolvió en un tierno abrazo.

Esa noche el padre le llevó a su esposa un enorme ramo de margaritas.

—No podía dejar de traértelas, sabiendo cuánto te gustan —le dijo y acompañó sus palabras con un beso.

Margie se sintió muy bien. Le alegraba ver que sus padres se tenían cariño. Había estado leyendo *Cuando Tía Lola vino (de visita) a quedarse,* un libro que le había recomendado la señorita Faggioni, y se estaba dando cuenta de qué difícil resultaba todo cuando los padres decidían que ya no podían vivir juntos. Y dijo sonriendo:

—Papá, ¡cómo te quiero!

Lupe trajo un florero y, mientras veía a Consuelo colocando las margaritas en la mesa, le preguntó a su prima:

—¿Por qué permites que te llamen Margie? ¡Tienes un nombre tan bonito! No solo por las flores, sino también por el poema.

—¿El poema? ¿Qué poema? —preguntó Margie intrigada.

—El poema de Rubén Darío sobre un rey que tenía un palacio de diamantes y un rebaño de elefantes.

Margie sonrió. La atracción que sentía Lupe por los elefantes era como la que sentía Camille por los delfines.

Lupe se dio cuenta de que Margie realmente no tenía idea de qué le estaba hablando y quiso aclarárselo:

—Ya sabes, la princesita que fue a la luna y más allá,

a cortar una estrella. —Como la prima no decía nada, continuó—: Rubén Darío escribió un poema precioso a una niña llamada Margarita. El poema mismo se llama «A Margarita».

—Nadie sabe pronunciar mi nombre, ni siquiera las maestras lo dicen bien . . . , y los chicos se burlan. —Margie notó que estaba repitiendo la misma explicación que les había dado a sus padres muchas veces antes, pero no demostraba gran convicción.

—Tú puedes enseñarles —dijo Lupe—. Si nosotros tenemos que aprender todo un nuevo idioma, estoy segura de que ellos pueden aprender a decir nuestro nombre. Y no te preocupes por los chicos. Puedes hacer como Camille y reírte de ellos.

Margie se quedó mirando las flores sin decir nada. ¿Cómo se llamaba el poeta? Un palacio de diamantes y una princesita que cortaba estrellas como si fueran flores . . . Tendría que pedirle a la señorita Faggioni que la ayudara a encontrar ese poema. ¡Después de todo, tenía su nombre!

16. Algo inesperado

—Mami, un señor te llama por teléfono, en español —gritó Margie.

La señora estaba sacando una bandeja de enchiladas del horno, así que respondió:

—¿Quién es, mi hijita?

Antes de que Lupe fuera a vivir con ellos, la madre le hubiera hablado en inglés, pero a partir de entonces, se oía cada vez más español en la casa. Y habían reaparecido las palabras cariñosas de cuando ella era pequeña: *corazón, cariño, hijita.*

Margie, muy satisfecha de haber comprendido, respondió:

—No sé. Le preguntaré.

Al oír la pregunta de la niña, el hombre colgó.

—Colgó, mami.

Sin saber por qué, le pareció que la llamada era importante. Había sentido urgencia en la voz del hombre. Cuando estaban terminando de comer, el teléfono volvió a sonar, y ella corrió a responder. Era la misma voz que volvía a preguntar por Consuelo, pero esta vez, Margie se apresuró a contestar:

—Un momento, por favor. No colgar. —Enseguida se dio cuenta de que no lo había dicho bien y se sintió tonta. Debía haber dicho: «No cuelgue», pero no había tenido tiempo de pensar. Bueno, por lo menos, lo había intentado.

Al ver que la madre tomaba el teléfono y empezaba a hablar, Margie se quedó conforme. Aun si su español no había sido correcto, el hombre la había entendido.

Debía ser algo importante. Consuelo se llevó el teléfono inalámbrico al patio para seguir la conversación. Cuando regresó, tenía una expresión muy seria. Y Margie notó que sus padres intercambiaban un mensaje mudo con la mirada.

—¿Quién era? —preguntó. El gesto de los padres le demostró, sin necesidad de palabras, que no debía haber preguntado. La madre les recordó a ella y a Lupe que era hora de hacer la tarea de la escuela.

Al día siguiente, la señora Rodríguez informó al grupo folclórico que esa tarde no habría práctica porque tenía que llevar al médico a uno de sus hijos.

Cuando las primas llegaron a la casa, encontraron

a un hombre extraño sentado en la habitación donde la familia pasaba la mayor parte del tiempo. Tenía una pierna enyesada.

Lupe miró a Margie y advirtió que estaba tan sorprendida como ella. En ese momento, Consuelo se acercó con una bandeja.

—Han llegado muy temprano —comentó—. ¿Qué ha pasado?

—Y tú, ¿no has ido a tu clase del *community college*, mamá?

Después de las vacaciones de Navidad, la madre de Margie se había matriculado en varios cursos del *community college*.

—Si Lupe está aprendiendo inglés, yo también puedo empezar a aprender algo —había comunicado a la familia.

El hombre las miró con el ceño fruncido.

—Vengan conmigo —les indicó Consuelo, con un brazo sobre el hombro de cada niña, camino a la sala.

—Lo siento. No pensé que llegarían tan temprano. Iba a esperarlas afuera.

—¿Qué pasa, mami? ¿Por qué estás tan preocupada? ¿Quién es ese hombre? —Margie lanzó una pregunta tras otra.

—¿No lo has reconocido, Lupe? Es Juan, mi hermano. Tu padre, Lupe, tu padre.

Y, sosteniéndolas por el hombro, las hizo acercarse al sofá.

—Sentémonos un momento aquí.

Margie observó a su prima, que parecía estar muy distante, como si algo dentro de ella se hubiera escapado de repente y le hubiera dejado un vacío.

Lupe había soñado persistentemente con encontrar a su padre. Aunque la tía le había repetido una y otra vez que no debía albergar esperanzas, que si él hubiera querido, se podría haber comunicado con facilidad, ella nunca había dejado de imaginar el momento del reencuentro.

En esos sueños, su padre aparecía en la puerta, tocando la guitarra y cantando con esa voz hermosa que ella recordaba. La tomaba en brazos y la levantaba en el aire, como de costumbre. Le sonreía y le decía cuánto la había extrañado, cuánto la quería y cómo iba a cuidarla. Sabía que todo era una fantasía, pero había formado parte de su vida por tanto tiempo que suponía que no podría vivir sin esa ilusión. Cualquier paisaje hermoso —un pájaro que pasaba volando, las nubes en el cielo— la hacía pensar en el padre, a quien por tanto tiempo no había visto; se alegraba recordando que él la había querido tanto y se llenaba de esperanza de que vendría a buscarla. Hacía mucho tiempo que había dejado de tratar de explicarse su ausencia o de inventar circunstancias que justificaran su conducta. Simplemente, mantenía la convicción de que volvería a verlo.

Ahora estaba ahí, y ella ni siquiera lo había reconocido —un hombre con sobrepeso, con una pierna enyesada y muchas preguntas en la mirada.

—¿Quieres decirme algo, Lupe? ¿Quieres preguntar algo antes de hablarle?

Ante la preocupación de la tía, siempre tan cariñosa, Lupe le preguntó:

—¿Estás segura de que es él, tía? ¿Cómo me encontró?

—Ay, hijita —fue toda la respuesta.

Lupe no sabía qué pensar o qué sentir, pero sí sabía dónde podía encontrar apoyo y se refugió en el abrazo cálido de Consuelo.

Durante los días siguientes, las chicas empezaron a enterarse de la historia de Juan González.

Había estado en Chicago, como decían en el pueblo. Unos hombres que había conocido en Stockton lo habían convencido de que ganaría más trabajando en la construcción que en los campos. Había vivido allá poco más de un año, pero no había querido enfrentar otro de los fríos inviernos de Illinois y se había ido a Texas.

La vida en Texas no le había resultado más fácil que en los otros lugares donde había trabajado. Todo es muy difícil para quienes no tienen papeles que legalicen su situación. Muchos negocios no toman trabajadores en esas condiciones, y aquellos que lo hacen, a menudo, pagan salarios más bajos de lo normal. Aunque Juan se esforzaba mucho, no tenía los mismos derechos que sus compañeros. Algunas veces el patrón deducía dinero de su jornal para los impuestos sobre los ingresos y para la Seguridad Social, pero luego no hacía las contribuciones en su nombre. Peor todavía, no tenía seguro médico ni de invalidez. Gastó la mayor parte de lo que había ahorrado en el último trabajo en pagar una radiografía y el médico que le enyesó la pierna, después de sufrir un accidente con un tractor. Fue a recuperarse a la casa de la hermana porque se le estaba acabando el dinero y no conseguiría más hasta que pudiera volver a trabajar. Día a día les fue contando trozos de su historia. Era evidente que se le hacía muy difícil confesar que ganaba apenas lo suficiente y que vivía con el temor de que lo repatriaran a México. Pero nunca mencionó que tenía otra familia, y Lupe tenía derecho a saberlo. Margie quería preguntarlo, pero comprendía que no le correspondía a ella, por lo menos, no frente a todos.

Juan tampoco hablaba de sus planes futuros. Explicó que el accidente había ocurrido en Napa, cerca de Santa Rosa, donde vivía Consuelo. Como no debía cargar peso en la pierna por un tiempo, un amigo le había ofrecido llevarlo hasta allí. Todo se oía muy natural. «Y lo sería —se dijo Margie—, si él se hubiera mantenido en contacto todos esos años».

Lupe, oyendo a su padre pasar de una historia a otra, pensó con tristeza: «Es casi como cuando nos contaba cuentos en casa por las noches. Sigue siendo el héroe de cada historia, pero ahora los relatos ya no son tan hermosos».

Las niñas escuchaban atentamente, pero ninguna de las dos decía una palabra. Juan era quien hablaba todo el tiempo.

Había algo que quedaba claro. Desde que el padre de Lupe había llegado, Francisco y Consuelo hacían todo tipo de esfuerzos para pasar el mayor tiempo posible con las niñas. Margie sentía que estaban tratando de rodearlas de cariño. Le molestaba que el tío no reconociera el dolor que le había causado a Lupe durante tanto tiempo. Aunque la prima nunca hablaba de eso, ella podía sentir la pena que se encerraba en ese silencio.

Un sábado por la mañana, la madre de Margie llevó a Lupe a las tiendas para comprarle un par de zapatos. Mientras Francisco estaba ocupado en el patio, Margie encaró a Juan:

—Tu hija . . . , muy buena . . . , muy buena . . . —le dijo, sintiendo más que nunca la necesidad de poder comunicarse bien en español—: Y tú . . . te vas . . . , no le dices . . . —Y se echó a llorar por el dolor de Lupe o por su propia frustración de no poder expresar bien sus sentimientos, o por ambas razones.

Antes de que se diera cuenta, su padre la estaba abrazando.

—Ya, ya, Margarita . . .

Y su voz, profunda y serena, la ayudó a calmarse.

—¿Por qué no me dices, Margarita, lo que estás tratando de expresarle a tu tío? Yo lo traduciré.

Ella no estaba muy segura de lo que debía hacer.

—Pero no te gustará que le pregunte por qué se ha portado tan mal. Yo quiero que entienda que si se vuelve a ir y no le dice a Lupe a dónde, la va a herir mucho, como lo hizo antes.

—Bueno, déjame traducirle lo que me acabas de decir.

Francisco empezó a hablarle en español al cuñado. Luego de una breve conversación, apretó el brazo de su hija con el gesto con que acostumbraba reafirmarla.

—Me alegro de que hayas hecho esto, hijita—le dijo—. Hablar es bueno. Es mejor platicar sobre las cosas que dejarlas embotelladas dentro. —Y después de dirigirse otra vez a Juan, añadió—: La vida de tu tío no ha sido fácil. Cuando se sufre tanto, a veces los hombres se olvidan de que el mejor lugar para encontrar apoyo es la familia. Un error lleva a otro y se acostumbran a alejarse de la verdad. Pero ahora tu tío está aquí, y creo que reconoce que no ha sido un buen padre para Lupe. Quizá no se quede mucho tiempo. Me imagino que, ahora que su pierna está mejor, regresará pronto a la nueva familia que lo espera en Texas.

Juan parecía escuchar con cuidado lo que su cuñado estaba diciendo. Un momento después, asintió:

—Sí, sí, Francisco . . . Sí, Margarita. —Y entonces, con una expresión cariñosa que Margie no le conocía, le dijo—: Gracias por querer a Lupe.

17. No son tus errores

En la cena todos estuvieron muy callados. Desde que Juan había llegado, las niñas hablaban poco durante las comidas; esa noche tampoco hablaban mucho los mayores. Lupe apenas levantaba la mirada del plato, pero cuando lo hacía, veía que su padre estaba observando a Margie, pensativo.

En cuanto terminaron de comer, Juan se acercó a Francisco, y mantuvieron una breve conversación. Después, el padre de Margie le pidió que ayudara a la madre en la cocina y le indicó a Lupe que fuera a la sala, donde la esperaba Juan.

Lupe entró a la sala lentamente. Quería estar con el padre, pero al mismo tiempo, tenía miedo de los sentimientos que luchaban dentro de ella. Incluso los hermosos recuerdos de sus primeros años le parecían peligrosos. La nostalgia dolorosa que había alimentado todas sus fantasías también había avivado su ira contra el hombre que parecía entrar y salir de su vida con tanta facilidad.

Se quedó en silencio, sin aproximarse, hasta ver qué iba a decirle. Se negaba a ceder a los tímidos aleteos de una esperanza que quería cobrar vuelo en su corazón.

—Lupe, hijita . . . —La sorprendió la misma voz tierna que ella recordaba de tiempos atrás y que, hasta ese instante, no había vuelto a oír . . .

—Ven, acércate . . . , mira.

Lupe obedeció para ver lo que su padre quería mostrarle.

—Es tu hermanita. Se llama Xochitl.

Mientras miraba la fotografía que su padre le extendió, Lupe se repetía: «Mi hermanita . . . y ¡se llama Xochitl!». Apenas oyó la explicación del hombre.

—Le puse ese nombre porque era el de tu muñeca. ¡Querías tanto a esa muñeca! ¿Te acuerdas cuánto miedo tenías de que se te hubiera perdido esa vez que la olvidaste en la casa de tu abuelita? —Después de un momento, bajando la voz casi como si estuviera hablando consigo mismo y no con Lupe, añadió—: Creo que tenía la esperanza de que algún día pudieras querer a esta pequeña Xochitl tanto como querías a tu muñeca.

Lupe no dijo ni una sola palabra. Era demasiado lo que tenía que aceptar a la vez. La había impresionado enterarse, con toda claridad, sin que quedara una sombra de duda, de que tenía una hermanita. La confundía y le molestaba saber que era verdad que el padre tenía otra familia. Y al mismo tiempo, aun en contra de su voluntad, la conmovía la ternura que oía en su voz cuando evocaba aquellos recuerdos tan queridos para ella.

Juan la observó por un momento y luego continuó:

—Hay algo que necesito decirte. Por favor, escúchame. Es muy importante para mí, pero sobre todo, es importante para ti. Me he portado muy mal, mi hijita, muy mal. He hecho cosas indebidas. Puede decirse que he sido un mal padre y un mal esposo. Y lo siento mucho. Pero el que yo lo sienta no cambia lo sucedido. No era mi intención que las cosas resultaran de la manera que han sido, pero lo que ha pasado, ha pasado. Lo importante ahora es que comprendas que, a pesar de lo que yo haya hecho, los errores en los que haya incurrido y el dolor que te haya causado, tú no debes cometer las mismas equivocaciones. No tiene que ser así. Tú puedes usar mis errores como un pretexto para vivir con ira, para justificar cualquier cosa, diciendo: «Es porque mi padre me abandonó». Así actúan muchas personas. Encuentran excusas en los errores de los otros. Pero si haces eso, no ganarás nada y estarás perdiendo tu propia vida. En cambio, puedes elegir decir: «Me ocurrió algo muy malo. Mi padre me abandonó, y eso me hizo sufrir mucho. Pero así y todo, puedo crearme una buena vida . . . No tengo que sufrir constantemente por sus errores». Deseo, mi hijita, que puedas hacerlo así. No tanto por mí, sino por ti.

Lupe, que había escuchado con la cabeza baja, levantó la cara y lo miró. Le parecía estar conociendo al padre verdadero: no era el contador de cuentos graciosos de su niñez, el héroe invencible de cada historia ni el hombre alicaído de las últimas tres semanas que trataba de actuar como si todo fuera normal, aunque no lo fuera. Él estaba reconociendo sus propios errores, haciendo un esfuerzo sincero para librarla a ella de cargar con la consecuencia de esos actos y animándola a tomar el control de su propia vida. Al mostrarse como un ser humano capaz de equivocarse y de reconocerlo, estaba haciendo todo lo que podía para reparar el daño que le había ocasionado.

Lupe se sorprendió de oírse repetir las palabras que el tío Francisco decía con frecuencia: «Es fácil cometer errores, lo difícil es admitirlos».

Y entonces, sin pensarlo dos veces, le dio al padre un fuerte y largo abrazo.

18. Tres familias

Las mañanas de los sábados eran usualmente muy tranquilas, pero ese sábado comenzó como si fuera un día de escuela regular porque el grupo folclórico tenía ensayo. Margie y Lupe estaban tan ocupadas ayudándose la una a la otra a alistarse que no se dieron cuenta de que el padre de Lupe estaba en la cocina preparando el desayuno y ya había puesto la mesa.

—¿A qué hora deben estar en la escuela para el ensayo, hijita? —le preguntó la madre a Margie.

—No sé. Lupe, ¿a qué hora dijo la señora Rodríguez que teníamos que estar allí? —Mientras hablaba, Margie se sirvió un vaso de jugo.

—No estoy segura, pero quiero llegar a tiempo. —Y esperó mientras Margie le llenaba el vaso.

Sin que nadie se fijara en ello, el padre de Lupe traía de la cocina una fuente de huevos rancheros.

Francisco, que entraba al comedor abotonándose la camisa, dijo:

—Vamos a darnos prisa. Necesito pasar por la ferretería antes de dejar a las niñas en la escuela.

—Buenos días —lo saludó Juan y colocó una cesta con tortillas calientes y una fuente con pan dulce sobre la mesa.

Todo el mundo dejó lo que estaba haciendo al descubrir que tenían servido un verdadero banquete para el desayuno.

—Vamos a sentarnos por un momento —sugirió el padre de Margie—. Niñas, estoy seguro de que la señora Rodríguez comprenderá si llegan un poquito tarde.

Todos se sentaron y se sirvieron. Nadie hablaba mucho, solo se oía: «por favor . . . », «gracias», «muy sabroso» a medida que se iban pasando los alimentos, hasta que Juan tomó la palabra:

—Francisco, por favor, tradúceme —le pidió al cuñado—. He estado pensando mucho últimamente. Estoy muy agradecido por todo el cariño que le han dado a Lupe. Es una gran cosa que pueda ir a la escuela y aprender inglés aquí, en este país. Yo sé que me equivoqué mucho en el pasado. Sin embargo, ahora tengo una familia en Texas y pienso que Lupe merece tener su propia familia.

Tanto Margie como Lupe dejaron de comer.

—He decidido que Lupe vaya a vivir a Texas con su nueva familia.

Antes de que Francisco pudiera traducir, ambas gritaron a la vez:

—¡No!

—Lupe debe vivir con nosotros —rogó Margie.

—¡Yo debo vivir aquí! —insistió Lupe.

—Es como mi hermana . . . , *my sister* . . . , y está haciéndolo muy bien en la escuela —Margie explicó usando los dos idiomas.

—Y mi inglés está mejorando —agregó Lupe en inglés, hablando lentamente, pero con toda claridad.

Las niñas explicaban y lloraban al mismo tiempo.

—Tengo amigos y también las clases de baile . . . —prosiguió Lupe.

—Y yo no quiero que se vaya —sollozó Margie.

—Quiero quedarme con mi tía y mi tío —aseguró Lupe, mirándolos—. Ya tengo una nueva familia aquí —afirmó con determinación—. No quiero empezar de nuevo . . . una vez más. No quiero volver a pasar por todo eso.

—Lupe tiene una nueva vida con nosotros —les dijo Margie— y ¡no debiera tener que abandonarla!

—Yo te quiero, papi —dijo Lupe—, pero quiero vivir aquí, con mi nueva familia.

—Se nos va a hacer muy tarde . . . , te esperamos en el auto, papá —dijo Margie y salió con Lupe.

Los padres de Margie guardaron silencio, orgullosos de que las niñas se hubieran expresado como verdaderas hermanas. Sabían que no era necesario traducirle nada a Juan ni explicarle sus propios sentimientos.

Esa tarde, cuando Juan anunció que al día siguiente saldría para Texas, les pidió a la hermana y al cuñado que, por favor, enviaran a Lupe en algún momento a visitarlos a él y a su familia. Les enseñó fotos de su joven esposa con Xochitl y con el hermanito de Lupe, un chiquitín regordete.

—Lupe necesita tiempo para acostumbrarse a la idea de que tiene una tercera familia —contestó Consuelo. Y pasando el brazo sobre los hombros de su sobrina, añadió—: Ahora su hogar está aquí. Somos su familia permanente. Por supuesto, tiene a su madre y a los gemelos en México, y algún día querrá ir a verlos. Y tú le ofreces ser parte de tu nueva familia, donde tiene una hermanita y un hermanito. Quizá alguna vez tener tres familias será un don, pero es posible que le tome algún tiempo antes de sentirlo de esa manera.

Margie notó que su prima escuchaba la conversación en silencio. ¡Cuántas expresiones distintas pasaron por el rostro de Lupe mientras su tía describía sus familias!

—Si alguna vez decides ir, Lupe, y quieres que yo vaya contigo, te acompañaré. Yo soy tu hermana para siempre. —Y cogiéndola de la mano, Margie se la llevó al patio—. Ven. Acabo de aprender una nueva canción para saltar la cuerda. Camille me la enseñó. ¡Deja que te la enseñe a ti!

Se quedaron en el patio saltando la cuerda por un largo rato. Les encantaba saltar al mismo ritmo. Margie no podía creer que hubiera tenido tantos celos de Lupe alguna vez, que hubiera resentido el tener que compartir la atención de sus padres con ella y que hubiera sufrido porque se quedaba fuera cuando ellos hablaban en español.

A su vez, Lupe estaba maravillada de cómo había desaparecido la distancia entre su prima y ella. Quizá algún día conocería a Xochitl y llegaría a quererla. Pero no le cabía duda de que en ese momento sentía que Margie era su verdadera hermana.

Mientras las chicas jugaban, Francisco fue a hacer una gestión. Cuando regresó, traía consigo un estuche de guitarra.

—Consuelo y yo queremos que te lleves este regalo como recuerdo, Juan. —Y se lo entregó.

Juan abrió el estuche y sacó la guitarra. Francisco añadió:

—El otro día nos contaste que te habían robado la guitarra en Chicago y trataste de tomarlo a broma. Pero me imagino cuánto tiene que haberte dolido. A alguien que toca tan bien como tú no debe faltarle nunca una guitarra.

Juan abrazó a su cuñado, agradecido.

—¿Por qué no les tocas algo a las niñas? —propuso Consuelo—. Así podrás verlas bailar lo que han estado practicando con el grupo de danzas folclóricas de la escuela.

—Bueno. Y ¿qué bailes saben? —preguntó Juan. Y por un buen rato fue tocando todas las piezas que las niñas le pedían, mientras ellas zapateaban y giraban siguiendo los pasos ágiles de los diferentes bailes.

19. Ensayo general

A medida que los días se hacían más cálidos era más difícil mantenerse alerta en la escuela. Hasta Camille, que de costumbre prestaba atención a cada una de las palabras de la maestra, parecía distraída. En lugar de contarle a Margie cualquier información nueva sobre los delfines, las ballenas y los manatíes, que había descubierto en Internet, se dedicaba a garabatear flores y mariposas en sus cuadernos.

Con frecuencia, Margie sentía que iba a quedarse dormida. Si miraba por la ventana, se imaginaba flotando en una nube. Pero cuando terminaba el horario escolar y llegaba el momento de la clase de danzas, se despertaba.

La señora Rodríguez las hacía practicar todos los días para la celebración del Cinco de Mayo. Iba a ser una gran actuación para mostrar lo que habían estado aprendiendo a lo largo del curso.

Tal como se lo había ofrecido, la maestra había

mantenido a Margie como *understudy*. La niña había buscado la palabra en el diccionario y había comprobado que, a pesar de que el prefijo *under* significaba «debajo», podía sentirse orgullosa del título. Así se enteró de que un *understudy* es un actor o bailarín entrenado para realizar el papel principal cuando es necesario. Cada vez que faltaba alguna de las niñas, Margie la reemplazaba. Pero aunque todas estuvieran presentes, la señora Rodríguez, de cuando en cuando, dejaba que alguna descansara y que Margie ocupara su lugar. De ese modo, estaría siempre lista para participar en un espectáculo.

—¿No vas a venir nunca más a la biblioteca? —le preguntó Camille una tarde.

—Por favor, dile a la señorita Faggioni que regresaré dentro de dos semanas. Para entonces se habrán acabado las prácticas para el Cinco de Mayo —le contestó Margie mientras se apresuraba a cruzar el patio de la escuela.

Esa clase de baile duró más que nunca. Cuando terminaron, la señora Rodríguez les sirvió una pequeña merienda de jugo y trozos de manzana, y les anunció:

—El próximo lunes vamos a practicar en el auditorio. Por favor, traigan los trajes. El miércoles tendremos un ensayo general. Sería estupendo si algunas madres pudieran venir ese día para ayudarlas a vestirse y a hacerse las trenzas.

—Bueno . . . , adiós, señora —dijo Margie—. Yo ya no volveré. No tengo traje. La madre de Lupe le enviará el suyo desde México. Pero ya sabe, yo no soy verdaderamente mexicana, nací . . .

—Sí, ya sé que naciste en Texas. Pero, por favor, ven de todos modos. No estoy segura de que todos traigan el traje ese día. Y tú te sabes los pasos tan bien que sería magnífico si pudieras ayudarnos, Margarita. —Y añadió con suavidad—: ¡Da tanta alegría verte bailar así!

Sus palabras resonaban dulcemente en los oídos de Margie mientras saltaba, corría y giraba durante todo el camino a su casa.

20. Cintas desde México

Cuando llegó el paquete, Lupe se estaba duchando, así que fue Margie quien le abrió la puerta a una mujer joven con varias docenas de trencitas llenas de cuentas de colores brillantes.

—¡Qué paquete tan grande! —le dijo a Margie, con una sonrisa—. Espero que le dé mucha felicidad a alguien.

—Es para mi prima. Es el vestido para una actuación del Cinco de Mayo.

—¡Oh, fabuloso! A mí siempre me ha encantado esa fiesta —replicó la joven—. ¡Las danzas tradicionales mexicanas son tan alegres, y los trajes con esas faldas tan amplias son preciosos! Siempre me he preguntado si los colores tienen algún significado especial.

—La verdad es que no lo sé —le respondió Margie—, pero me parece que no. Creo que depende de lo que a cada chica le guste o quizá de lo que le guste a la madre. He oído comentarios de que algunas madres querían que los vestidos de sus hijas fueran del mismo color que habían lucido ellas de jóvenes.

—Y ¿de qué color es tu vestido?

—Yo . . . , yo no tengo uno. No voy a bailar. He estado practicando en lugar de las chicas que faltaban —se detuvo por un momento y continuó—: En realidad, yo no soy verdaderamente mexicana. Soy estadounidense. Nací en Texas . . .

—No sabía que había que ser mexicana para bailar danzas folclóricas. Yo siempre he soñado con aprender. Y espero hacerlo algún día. —La mirada de la joven reflejaba una ilusión aún no realizada. Se dio vuelta, y las cuentas de sus múltiples trencitas tintinearon alegremente—. Bueno, tengo que irme. Fue un placer hablar contigo. ¡Feliz Cinco de Mayo! —Y echándose a reír, añadió—: ¡Es un día de fiesta en los Estados Unidos, ya sabes!

Después que la repartidora se fue, Margie subió corriendo las escaleras y tocó la puerta del cuarto de baño.

—¡Ha llegado el paquete con tu traje!

Sus palabras tuvieron el efecto deseado: inmediatamente, Lupe bajó volando las escaleras con el largo pelo negro envuelto en una toalla.

—¡Apúrate! ¡Vamos a abrirlo! —le dijo Margie.

—¿No crees que debemos esperar que tu madre llegue de sus clases para abrirlo? —reflexionó Lupe, preocupada.

—Viene a tu nombre —respondió Margie con rapidez, pero luego dudó—. Creo que sí, mami apreciará que la esperemos.

Consuelo disfrutaba mucho en el *community college* y estaba contemplando la posibilidad de matricularse en un programa para higienista dental después de completar dos semestres más de inglés. Una mañana, durante el desayuno, había comentado:

—Nunca pensé que pudiera tener una profesión, pero ustedes dos me están ayudando mucho en la casa, y todos nos beneficiaríamos si yo ganara un sueldo.

Lupe miró al tío para observar su reacción. Alguna compañera había dicho que a su padre no le gustaba que su madre tuviera empleo fuera de la casa y varias afirmaron que sus padres pensaban igual. Pero Francisco no parecía disgustado. Al contrario, miraba a su esposa con orgullo. Recordando esos comentarios, Lupe dijo:

—Tía Consuelo siempre es tan buena con nosotras . . . ¡Creo que yo no hubiera podido sobrevivir tan lejos de mi casa si tu madre no fuera tan cariñosa! Esperémosla para abrir el paquete.

Aunque Margie se alegró de que hubieran tomado esa decisión, le parecía que la madre no llegaba nunca. Por fin, la oyó abrir la puerta.

—¡Ya lo trajeron, mami; el paquete de Lupe está aquí!

—¿Lo abrieron?

—No, te estábamos esperando a ti.

—Gracias, Margarita. Vamos a abrirlo.

Las niñas le entregaron un par de tijeras, y Consuelo abrió el paquete con agilidad. De una nube de papel de seda blanco, sacó un hermoso traje morado. Tenía cintas de distintos tonos de rosa y de violeta, que adornaban la blusa y rodeaban la amplia falda.

—¡Es precioso, Lupe! Vas a tener el traje más bonito de todos. Y con tus trenzas tan largas, ¡vas a estar perfecta! —El entusiasmo de Margie tomó por sorpresa tanto a Consuelo como a la prima.

Lupe miró el traje de baile y se le humedecieron los ojos:

—¡Cuánto tiempo le habrá llevado a mi madre hacer este traje! Cuando mi abuelita Mercedes se fue a vivir a la casa de mi tío, le dejó a mi madre la máquina de coser. Lo primero que hizo fue el vestido que usé el día que empezaron las clases. ¿Te acuerdas de mi vestido de organdí rosado, Margarita?

—Sí, me acuerdo. Hace solo ocho meses, ¡aunque parecen años!

—Bueno, vamos a ver qué más hay aquí —dijo Consuelo mientras quitaba de la caja otra capa de papel de seda y sacaba otro traje. Era blanco, con cintas rojas y azules. Tenía una nota escrita en español, prendida con un alfiler. Lupe la fue leyendo en voz alta:

Querida sobrina Margarita:
Espero que disfrutes bailando con este traje.
Lo hice blanco como la flor de tu nombre y
le añadí los colores del país donde naciste.
Espero que te dé alegría. Gracias por ser tan
buena con mi Lupita. Ojalá, cuando haya
aprendido bien inglés, puedas venir con ella
y pasar un tiempo con nosotros.
Tu tía mexicana.
Dolores

—¡Ay, Lupe, qué cariñosa es tu mamá! —dijo Margie, abrazando a la prima—. Mami, tú lo sabías,

¿verdad? Yo no voy a bailar, pero no importa, me encantará ponerme este traje el Cinco de Mayo. Es demasiado bonito para dejarlo guardado en una caja. Aunque, claro, se va a ver muy extraño con mi pelo.

—No, no, no te creas —le aseguró Lupe—. ¿No te has fijado que la mayoría de las niñas tampoco tienen el pelo tan largo? Ya verás que muchas van a llevar trenzas hechas de estambre negro. Vas a estar muy bien. ¿Verdad que sí, tía?

—Por supuesto —afirmó Consuelo—. ¡Ya verás lo que se puede lograr con esto! —Y sacó del fondo de la caja un manojo de cintas brillantes de muchos colores.

21. ¿Margie? ¿Margarita?

El Cinco de Mayo, al llegar con su familia al auditorio de la escuela para la celebración, Margie se admiró de la cantidad de personas que habían ido. No esperaba que tantos de los maestros y de sus compañeros asistieran al espectáculo.

—¡Qué bonito vestido! Te ves fabulosa —le dijo Betty cuando Margie pasó por el pasillo central hacia el escenario.

—¿Podemos tomarnos una foto después de la función? —le preguntó Liz.

Al darse cuenta de que casi todos sus compañeros de clase se habían sentado juntos, Margie les sonrió.

—Por supuesto. Nos encontraremos. Yo no bailo esta noche.

—Porque tú no eres verdaderamente mexicana, ¿verdad, Margueereeeta? —se inmiscuyó John.

—Más vale que la dejes tranquila, John. No eres nada gracioso, si todavía no te has enterado —le contestó Camille—. Si quieres hacer reír a la gente, ¿por qué no te aprendes algunos chistes? Anda y búscate un libro de chistes en la biblioteca o en alguna parte.

—Los veo más tarde —dijo Lupe. Y añadió con entusiasmo—: Voy al escenario, por si la señora Rodríguez necesita que la ayude con algo. —Y al marcharse por el pasillo, le parecía que flotaba.

La maestra la recibió con una sonrisa:

—Estás preciosa, Margarita. ¡Qué traje tan especial!

—Mi tía, la madre de Lupe, me lo mandó desde México.

—¡Es bellísimo! Te verás fantástica en el escenario.

—Pero ¡si yo no voy a bailar! ¿O está enfermo alguien, señora Rodríguez?

—No, no hay nadie enfermo, no te preocupes. Por favor, colócate en el centro de la fila.

—Pero . . . ese es el lugar de Lupe.

—Sí, pero no esta noche. Esta noche es tu lugar. Apresúrate. Vamos a comenzar enseguida.

La señora Rodríguez saludó al público: «Buenas noches. Bienvenidos a nuestra celebración del Cinco de Mayo. Esperamos que disfruten el programa que les hemos preparado. Nuestros alumnos se han esforzado mucho durante todo el año para poder ofrecerles hoy la alegría y la belleza de estas tradiciones mexicanas. Pero antes de que comience el baile, una alumna tiene algo especial para ustedes. La música puede tener muchas expresiones. Algunas veces las palabras de un poema tienen su propia música. Lupe González nos va a mostrar cómo el gran poeta Rubén Darío usó el lenguaje para crear música. En el reverso del programa, encontrarán la traducción al inglés de la poesía que Lupe nos va a recitar ahora. Tanto si ustedes hablan español o no, los invitamos a escuchar y disfrutar los sonidos de este texto».

Al abrirse el telón, Lupe apareció de pie, radiante con su vestido violeta, en medio del escenario. Saludó al público con una pequeña reverencia y comenzó: «A Margarita».

En un primer momento, Margie estaba tan sorprendida que apenas podía seguir la voz de Lupe. Tal como había dicho la maestra, sonaba muy melódica, pero ella estaba tan emocionada que casi no podía entender lo que decía. Sin embargo, a medida que Lupe contaba la historia del rey que tenía «un palacio de diamantes, una tienda hecha del día y un rebaño de elefantes», las palabras empezaron a sonarle familiares.

En el auditorio, se hizo un profundo silencio mientras Lupe recitaba la historia de la princesita. Margie, Margarita, que esperaba entre telones con los otros bailarines, tenía miedo de que, en un silencio tan profundo, se llegaran a oír los latidos de su corazón. La prima, entretanto, contaba que la princesita había subido al cielo y se había ido «por la luna y más allá a buscar la blanca estrella que la hacía suspirar».

Margarita se sorprendió al sentir cuánta música encerraban las palabras en español: la voz de Lupe le recordaba la de su propia madre, cantándole para dormirla cuando era pequeñita, y las palabras de Lupe se sentían tan suaves y tibias como las caricias de su madre.

En un momento, el tono de Lupe se volvió fuerte para mostrar la ira que sintió el rey cuando la princesita regresó con la estrella. Había estado preocupado por ella porque no sabía a dónde se había ido. Y luego, estaba muy enojado porque su hija se había atrevido a traer una estrella del cielo. Margie sintió que la voz de Lupe conseguía llenar de suspenso todo el recinto. Luego volvió a cambiar y se convirtió en la melodía suave de la princesita, que trataba de explicar que no había querido hacer daño. A Margie la maravillaba que Lupe pudiera cambiar de voz de ese modo. Nunca se había dado cuenta de que su prima tuviera esa habilidad. De nuevo se oyeron las palabras de trueno del rey, que exigía que su hija devolviera la estrella. Y sintió pena por la princesita. Después de haber encontrado una estrella, «una flor de luz», como la había llamado el poeta, ¿tendría que devolverla? ¡Qué triste! Lupe seguía atrayendo la atención de todos a medida que los versos llegaban al final.

Margie, Margarita suspiró de placer. Le gustaban los finales felices, y se alegró de que la princesa pudiera quedarse con la estrella. Sobre todo, disfrutaba viendo a Lupe tan erguida y segura, hablando con claridad y firmeza, y manteniendo a todos maravillados con la belleza del poema. Entonces oyó su nombre, Margarita, una vez más. ¡Qué distinto sonaba! Y volvió a experimentar lo mismo que había sentido cuando Lupe había empezado a recitar: era como si oyera hablar en español por vez primera.

El poema terminó con la despedida del poeta a la niña a quien se lo había dedicado, y para Margie fue como si ella misma fuera aquella Margarita.

Y mientras la prima saludaba y el auditorio se llenaba de aplausos, Margie se dispuso a salir al escenario.

El telón volvió a abrirse para mostrar lo que parecía un enorme buqué de flores espectaculares. Todos los bailarines estaban en su posición, y las amplias faldas orladas de cintas, que las chicas sostenían abiertas, formaban un esplendoroso arcoíris.

La música llenaba el aire, y las chicas empezaron a marcar el ritmo con los zapatos de baile, seguidas por los chicos, que formaban una fila detrás de ellas. Muy pronto, se habían colocado en parejas y se movían por todo el escenario. A medida que la suave tela blanca del vestido ondeaba al ritmo del baile, Margarita se sintió envuelta por el amor de su familia y, de modo especial, sintió el amor de la madre, que le había puesto el nombre de una flor, nombre que compartía con una niña a quien un poeta le había dedicado un hermoso poema. Giraba y danzaba, veía ondear las cintas rojas y azules, los colores que había elegido su tía para honrar el país donde Margarita había nacido.

Y mientras más bailaba, más claro se le hacía en el corazón que ella era tanto Margie como Margarita, estadounidense y mexicana. Podía sentirse orgullosa de muchas cosas buenas de México —la gente cariñosa, la alegre música, los bailes llenos de espíritu, los cuadros y murales de colores vibrantes que su prima le había mostrado—. Y también podía sentirse orgullosa de las cosas buenas de los Estados Unidos —los lugares hermosos que soñaba visitar, su escuela, sus maestros, la amable bibliotecaria y sus magníficos amigos—. No tenía que sacrificar nada para celebrar lo mejor de sus dos países: el suelo donde había nacido y el que había alimentado las raíces de su familia.

Muy pronto iría a México con Lupe y aprendería todo lo que pudiera sobre la tierra de sus padres. Y algún día viajaría por todo el mundo, sabiendo que en todos los lugares hay gente buena y que quien es uno no está determinado por el lugar donde nace, sino por lo que lleva en el corazón. Y convencida de que encontraría las palabras para decir qué era lo verdaderamente importante para ella, se dejó llevar por la música, margarita adornada con azul y rojo, que florecía más y más con cada paso de su baile mexicano.

«Mi familia»

por Margarita *Margie* Ceballos González

Siempre me he sentido orgullosa de haber nacido en los Estados Unidos de América. Nací en Texas y viví allí hasta que estaba en segundo grado. Luego nos mudamos a California. Al principio pensé escribir sobre lo que es ser estadounidense porque me parecía que era lo más importante en mi vida. Mis padres me han enseñado que se dice estadounidenses porque, como América es todo el continente, todos los de este continente, sean de Norteamérica, Centroamérica o Sudamérica, son americanos, pero solo los de Estados Unidos son estadounidenses.

Soy estadounidense, pero mi familia es mexicana. Esto me traía mucha confusión. Quiero a mi familia. Mis padres siempre me han querido mucho y me han cuidado. Sé que soy muy afortunada de ser su hija.

Mis padres hablan español y muchas veces actúan de manera distinta que los padres de la mayoría de mis amigos. Aunque han aprendido inglés, lo hablan con acento especial. Creo que siempre serán más mexicanos que estadounidenses.

Por mucho tiempo, he tratado de lograr que sean más estadounidenses. Me asustaba ser diferente. Quería ser como los demás. Pensaba que, porque nací en este país y porque hablo inglés muy bien, no era como muchos alumnos del programa bilingüe, que han llegado a este país hace poco y todavía no hablan inglés bien. No quería hablar español ni siquiera en casa, y eso entristecía a mis padres.

Luego vino a vivir con nosotros mi prima porque su mamá y su papá se separaron. Ella nació en México y cuando llegó no hablaba nada de inglés. Fue difícil porque los chicos de la escuela empezaron a burlarse de mí otra vez.

En casa, mis padres empezaron a hablar con mi prima en español todo el tiempo.

Me parecía que estaban más cerca de ella que de mí. A veces sentía que yo no podía participar, aunque ésa no era su intención.

Sé que para mi prima todo ha sido muy difícil: tener que aprender otro idioma y un nuevo estilo de vida. Pero está empezando a ser parte de dos mundos, y parece que le gusta. Para mí se ha vuelto una hermana, y yo nunca había tenido una hermana.

La madre, la abuela y los hermanitos de mi prima, que son mellizos, o cuatitos, como ella dice, viven en México, y ella los quiere mucho. Creo que algún día irá a Texas a visitar a su padre, que ahora tiene una nueva familia. Pero, por el momento, ha decidido quedarse aquí, conmigo. Y eso me alegra mucho.

Lo que he aprendido es que, a veces, los cambios pueden ser buenos, aunque al principio sean difíciles. Los que ocurrieron en mi familia no me resultaron fáciles, pero ahora, tengo una prima que es como mi hermana. Y, además, mientras ella aprende inglés, yo aprendo español y muchas cosas sobre México.

Como dice mi amiga Camille, que es una apasionada de los delfines, la familia de casi todos los que viven en este país ha venido de alguna otra parte, aunque quieren simular que han vivido aquí desde siempre. Yo ya no quiero simular más.

Mi nombre es Margarita. Mi madre me dio este nombre porque le encantan las flores y sabía que a mí también me iban a gustar. Aprecio mucho a mi familia mexicana, y me gustan mucho mi nombre y el baile folclórico.

Soy estadounidense porque nací en este país y también tengo familiares que viven aquí, pero ahora pienso que, además, soy mexicana porque mis padres son mexicanos.

Esto es lo quisiera que los demás comprendieran: soy estadounidense y soy mexicana. Para mí las dos cosas son importantes, y ninguna de las dos es mejor que la otra. Soy muy afortunada de ser ambas cosas. También soy muy afortunada por tener a mi familia, especialmente a mi madre, a mi padre y a mi nueva hermana Lupe.

A Margarita

por Rubén Darío

Margarita, está linda la mar,
y el viento
lleva esencia sutil de azahar;
yo siento
en el alma una alondra cantar:
tu acento.
Margarita, te voy a contar
un cuento.

Este era un rey que tenía
un palacio de diamantes,
una tienda hecha del día
y un rebaño de elefantes,
un kiosco de malaquita,
un gran manto de tisú,
y una gentil princesita,
tan bonita, Margarita,
tan bonita como tú.

Una tarde la princesa
vio una estrella aparecer;
la princesa era traviesa
y la quiso ir a coger.

La quería para hacerla
decorar un prendedor,
con un verso y una perla
y una pluma y una flor.

Las princesas primorosas
se parecen mucho a ti:
cortan lirios, cortan rosas,
cortan astros. Son así.

Pues se fue la niña bella,
bajo el cielo y sobre el mar,
a cortar la blanca estrella
que la hacía suspirar.

Y siguió camino arriba,
por la luna y más allá;
mas lo malo es que ella iba
sin permiso del papá.

Cuando estuvo ya de vuelta
de los parques del Señor,
se miraba toda envuelta
en un dulce resplandor.

Y el rey dijo: —¿Qué te has hecho?
Te he buscado y no te hallé.
Y, ¿qué tienes en el pecho,
que encendido se te ve?

La princesa no mentía,
y así, dijo la verdad:
—Fui a cortar la estrella mía
a la azul inmensidad.

Y el rey clama: —¿No te he dicho
que el azul no hay que tocar?
¡Qué locura! ¡Qué capricho!
El Señor se va a enojar.

Y ella dice: —No hubo intento;
Yo me fui no sé por qué;
por las olas y en el viento
fui a la estrella y la corté.

Y el papá dice enojado:
—Un castigo has de tener:
vuelve al cielo, y lo robado
vas ahora a devolver.

La princesa se entristece
por su dulce flor de luz,
cuando entonces aparece
sonriendo el buen Jesús.

Y así dice: —En mis campiñas
esa rosa le ofrecí:
son mis flores de las niñas
que al soñar piensan en mí.

Viste el rey ropas brillantes,
y luego hace desfilar
cuatrocientos elefantes
a la orilla de la mar.

La princesita está bella,
pues ya tiene el prendedor
en que lucen, con la estrella,
verso, perla, pluma y flor.

Margarita, está linda la mar,
y el viento
lleva esencia sutil de azahar:
tu aliento.

Ya que lejos de mí vas a estar,
guarda, niña, un gentil pensamiento
al que un día te quiso contar
un cuento.

Sobre «A Margarita»
por Rubén Darío

En 1908 Luis A. Debayle, un médico muy reconocido en Nicaragua, invitó a Rubén Darío a su casa de la isla del Cardón. Durante la estancia, Margarita, la hijita de cinco años del doctor, le pidió al poeta que le contara un cuento. Así nacieron los versos del que se convertiría en uno de los poemas más conocidos en lengua española.

El poema es un tributo a la hermosura en todas sus formas y celebra la inocencia de la princesita cuyas ansias de belleza la llevan a cortar una estrella como si fuera una flor. Los versos también honran la fuerza creativa del poeta, que «siente en el alma una alondra cantar» y espera perdurar en el recuerdo a través de sus palabras.